Column

滅びの風景

撮影・小松健一

※本書中の引用は、すべて新潮文庫を定本にしています。本文中、特に注記のない引用は、すべて『津軽』よりの引用です。『津軽』以外の引用には、文末の（　）内にタイトルを明記しました。終章以外の本文は、編集部によります。

epigram

津軽の雪
こな雪
つぶ雪
わた雪
みず雪
かた雪
ざらめ雪
こおり雪
（東奥年鑑より）

『**津**軽』の巻頭に掲げられたエピグラム。太宰が小説『津軽』の取材のために旅をしたのは、春たけなわの5月のことで、小説中に雪の記述はほとんど出てこない。しかし、初夏の明るい陽光に照らされた津軽路を見ただけでは、太宰の世界へ近づくことは難しい。実際、厳冬期の津軽半島は、見るもの全てが真っ白な雪に覆われて、まるで別世界。地吹雪の舞う日には、人はみな、厚い防寒具に身を包み、足下だけを見つめて前屈みに歩いて行く。この長く厳しい冬を体感しているからこそ、春から初夏にかけての開放感と喜びが、一気に爆発するのだろう。

いろんな雪の表情を、まず瞼の奥に焼き付けてから、春爛漫の津軽半島へ、いざ。

太宰治と旅する津軽

太宰治　小松健一　新潮社 編

とんぼの本

新潮社

目次

『津軽』名場面十選

その一

故郷愛憎

……けれども弘前人は頑固《がんこ》に何やら肩をそびやかしている。そうして、どんなに勢強きものに対しても、かれは賤しきものなるぞ、ただ時の運つよくして威勢にほこる事にこそあれ、とて、随わぬのである。……弘前の城下の人たちには何が何やらわからぬ稜々《りようりよう》たる反骨があるようだ。何を隠そう、実は、私にもそんな仕末のわるい骨が一本あって、そのためばかりでもなかろうが、まあ、おかげで未だにその日暮しの長屋住居から浮かび上る事が出来ずにいるのだ。数年前、私は或る雑誌社から「故郷に贈る言葉」を求められて、その返答に曰《いわ》く、

汝《なんじ》を愛し、汝を憎む。

名言「汝を愛し、汝を憎む」は、〈序編〉で、弘前での高校時代、義太夫に凝ったり芸者遊びに興じた思い出を綴った文に続いての一節。「未だに、ほんものの馬鹿者が残っている」「馬鹿の本場」の弘前にあっても「これくらいの馬鹿は少かったかも知れない」と青年時代を回顧しながら憂鬱になった太宰だが、一方で、そんな風土にこそ、自らのアイデンティティを見出している。自身を「津軽藩の百姓」であり、「純血種の津軽人」だと書いた太宰は、弘前こそ「津軽人の窮極の魂の拠りどころ」であると大見得を切る。良くも悪くも、太宰に流れる津軽人の血が、あの独特の文学世界を生み出したことはまちがいない。写真は、短い夏の夜が燃える弘前ねぷた。

その二

旅立ち

「ね、なぜ旅に出るの？」

「苦しいからさ」

「あなたの（苦しい）は、おきまりで、ちっとも信用できません」

「正岡子規三十六、尾崎紅葉三十七、斎藤緑雨三十八、国木田独歩三十八、長塚節《たかし》三十七、芥川龍之介三十六、嘉村礒多《かむらいそた》三十七」

「それは、何の事なの？」

「あいつらの死んだとしさ。ばたばた死んでいる。おれもそろそろ、そのとしだ。作家にとって、これくらいの年齢の時が、一ばん大事で」

「そうして、苦しい時なの？」

「何を言ってやがる。ふざけちゃいけない。お前にだって、少しは、わかっている筈《はず》だがね。もう、これ以上は言わん。言うと、気障《きざ》になる。おい、おれは旅に出るよ」

〈本編〉冒頭の一節。書き出しの二行がよく知られているが、続く数行も、後の太宰の生き様を鑑みると、なにやら暗示的である。ノンフィクションでありながら、随所に太宰的小説世界を盛り込んだ傑作『津軽』を象徴する、見事な書き出しだ。太宰が小山書店から「新風土記叢書」の一冊として『津軽』の執筆を委嘱され、故郷へ旅立ったのは昭和19（1944）年のこと。時に太宰35歳。作家として脂の乗り切った時期である。初夏の津軽路を約3週間かけて歩いた太宰は、同年の7月に脱稿、11月に本を刊行している。これは相当なスピードだ。まさに、一気に書き上げたのだろう。写真は、金木郊外を走る津軽鉄道。

その三

疾風怒濤の愛情表現

「おい、東京のお客さんを連れて来たぞ。とうとう連れて来たぞ。これが、そのれいの太宰って人なんだ。挨拶《あいさつ》をせんかい。早く出て来て拝んだらよかろう。ついでに、酒だ。いや、酒はもう飲んじゃったんだ。リンゴ酒を持って来い。なんだ、一升しか無いのか。少い！　もう二升買って来い。待て。その縁側にかけてある干鱈《ひだら》をむしって、待て、それは金槌《かなづち》でたたいてやわらかくしてから、むしらなくちゃ駄目なものなんだ。待て、そんな手つきじゃいけない、僕がやる。干鱈をたたくには、こんな工合いに、こんな工合いに、あ、痛え、まあ、こんな工合いだ。おい、醤油を持って来い。干鱈には醤油をつけなくちゃ駄目だ。コップが一つ、いや二つ足りない。早く持って来い、待て、この茶飲茶碗《ちゃのみぢゃわん》でもいいか。さあ、乾《かん》盃《ぱい》、乾盃。おうい、もう二升買って来い、待て、坊やを連れて来い。小説家になれるかどうか、太宰に見てもらうんだ。どうです、この頭の形は、こんなのを、鉢がひらいているというんでしょう。あなたの頭の形に似ているると思うんですがね。しめたものです。おい、坊やをあっちへ連れて行け。うるさくてかなわない。お客さんの前に、こんな汚い子を連れて来るなんて、失敬じゃないか。成金趣味だぞ。早くリンゴ酒を、もう二升。お客さんが逃げてしまうじゃないか。待て、お前はここにいてサアヴィスをしろ。さあ、みんなにお酌。リンゴ酒は隣りのおばさんに頼んで買って来てもらえ。おばさんは、砂糖をほしがっていたから少しわけてやれ。待て、おばさんにやっちゃいかん。東京のお客さんに、うちの砂糖全部お土産に差し上げろ。いいか、忘れちゃいけないよ。全部、差し上げろ。新聞紙で包んでそれから油紙で包んで紐《ひも》でゆわえて差し上げろ。子供を泣かせちゃ、いかん。失敬じゃないか。成金趣味だぞ。貴族ってのはそんなものじゃないんだ。待て。砂糖はお客さんがお帰りの時でいいんだってば。音楽、音楽。レコードをはじめろ。シューベルト、ショパン、バッハ、なんでもいい。音楽を始めろ。待て。なんだ、それは、バッハか。やめろ。うるさくてかなわん。話も何も出来やしない。もっと静かなレコードを掛けろ、待て、食うものが無くなった。アンコーのフライを作れ。ソースがわが家の自慢と来ている。果してお客さんのお気に召すかどうか、待て、アンコーのフライとそれから、卵味噌《たまごみそ》のカヤキを差し上げろ。これは津軽で無ければ食えないものだ。そうだ。卵味噌だ。卵味噌に限る。卵味噌だ。卵味噌だ」

〈本編〉「蟹田」の章で、太宰を家に呼んだSさん（下山清次）の接待ぶりを綴る一節。ちょっと長いが、そのまま引用した。息つく間もないほどに一気にまくしたてるこの場面は、『津軽』の中でも屈指の名調子と言えよう。《この疾風《しっぷう》怒《ど》濤《とう》の如《ごと》き接待は、津軽人の愛情の表現なのである。》……これほど「疾風怒濤」ではないにしろ、今でも津軽の人たちのホスピタリティは健在だ。金木近郊の田んぼで撮影していた時のこと、畦で田植えが一息ついたのか、畦でおやつを広げている農家の人に遭遇。すぐに宴に混ぜていただき、赤飯、ニシン、シヤコにバナナ、枝豆、ジュースにお茶……シート上に広げられたおやつを一通りごちそうになって、談笑の輪に入れていただいた。ササゲの赤飯が、しみじみ、おいしかった。

その四

太宰の地団駄

……お寺の屋根が見えて来た頃、私たちは、魚売の小母さんに出逢《であ》った。曳《ひ》いているリヤカーには、さまざまのさかなが一ぱい積まれている。私は二尺くらいの鯛《たい》を見つけて、「その鯛は、いくらです」まるっきり見当が、つかなかった。

「一円七十銭です」安いものだと思った。

私は、つい、買ってしまった。けれども、買ってしまってから、仕末に窮した。これからお寺へ行くのである。二尺の鯛をさげてお寺へ行くのは奇怪の図である。私は途方にくれた。

仲間のN君（中村貞次郎）とMさん（松尾清照）と連れ立って、今別に来た場面。寺参り前に、気まぐれに魚を買ってしまうことだけでも面白いのだが、話はさらに続く。

　買った鯛を三厩の旅館に持ち込んだ太宰は、「あまり悧巧でないような顔」をした女中さんに「このまま塩焼きにして」と、つまり、まるごと姿焼きにしてくれと頼む。そこにN君が「三人だからと言って、三つに切らなくてもいいのですよ」と念を押すのだが、鯛は三つではなく、五片の切り身になって皿に載ってきた。「お皿に愚かしく積まれてある五切れのやきざかな（それはもう鯛では無い、単なる、やきざかなだ）を眺めて、私は、泣きたく思った」と悲憤慷慨する太宰の悔しがり方が可笑しい。『津軽』の中でも、最もユーモア溢れる一場面である。写真は、竜飛漁港であがったばかりの魚を行商するお婆さん。

その五

野生の風景

二時間ほど歩いた頃から、あたりの風景は何だか異様に凄《すご》くなって来た。凄愴《せいそう》とでもいう感じである。それは、もはや、風景でなかった。風景というものは、永い年月、いろんな人から眺められ形容せられ、謂《い》わば、人間の眼で舐《な》められて軟化し、人間に飼われてなついてしまって、高さ三十五丈の華厳《けごん》の滝にでも、やっぱり檻《おり》の中の猛獣のような、人くさい匂《にお》いが幽《かす》かに感ぜられる。昔から絵にかかれ歌によまれ俳句に吟ぜられた名所難所には、すべて例外なく、人間の表情が発見せられるものだが、この本州北端の海岸は、てんで、風景にも何も、なってやしない。点景人物の存在もゆるさない。強《し》いて、点景人物を置こうとすれば、白いアツシを着たアイヌの老人でも借りて来なければならない。むらさきのジャンパーを着たにやけ男などは、一も二も無くはねかえされてしまう。絵にも歌にもなりやしない。ただ岩石と、水である。

三厩から竜飛に向かった太宰たちが、強い風と雨に見舞われた場面。「それは、もはや、風景でなかった」と描写されたのは、竜飛の手前、尻神のあたりだろうか。

写真は冬の尻神の海岸。切り立った断崖が海に落ち込む寸前に道路が刻まれ、小さな港が岩礁にしがみついている。今でこそ、舗装された道路のおかげで竜飛まで車で楽々と進めるが、太宰が訪れた当時には、もちろん車は入れなかった。ともあれ、北の風土の厳しさを言葉を連ねて飾るのではなく、「ただ岩石と、水である」と言い切ったことで、より凄みが増している。

実際、冬の嵐の風景には「色」というものがほとんど感じられなかった。

その六

最果ての手毬歌

翌《あく》る朝、私は寝床の中で、童女のいい歌声を聞いた。翌る日は風もおさまり、部屋には朝日がさし込んでいて、童女が表の路で手《て》毬歌《まりうた》を歌っているのである。私は、頭をもたげて、耳をすました。

　せッせッせ
　夏もちかづく
　八十八夜
　野にも山にも
　新緑の
　風に藤波《ふじなみ》
　さわぐ時

私は、たまらない気持になった。いまでも中央の人たちに蝦夷の土地と思い込まれて軽蔑されている本州の北端で、このような美しい発音の爽《さわ》やかな歌を聞こうとは思わなかった。

津軽半島最北端の竜飛にたどり着き、悪酔いしたN君のまずい歌が災いして、宿のお婆さんに膳を仕舞われ、中途半端な気分のまま床についた、その翌朝の場面。美しい描写で、太宰も見たわけではないのに、毬をつく可憐な少女の姿が目に浮かぶ。しかしよく読むと、これは太宰の〝方言コンプレックス〟が書かせた一節だった（64頁参照）。
　左の写真の少女は、21年前（１９８８年）に竜飛で撮影されたもの。太宰が聞いたのと同じ手毬歌が、聞こえてきそうな光景だ。正面の建物が、太宰らが宿泊した奥谷旅館。
　今回の取材の折、写真家は少女の消息を尋ねて歩いたのだが、すでにこの地を離れたことが判明。再会の夢が果たされることはなかった。

その七

郷愁の海

……駅からまっすぐに一本路をとおって、町のはずれに、円覚寺《えんがくじ》の仁王門がある。この寺の薬師堂は、国宝に指定せられているという。私は、それにおまいりして、もうこれで、この深浦から引上げようかと思った。完成されている町は、また旅人に、わびしい感じを与えるものだ。私は海浜に降りて、岩に腰をかけ、どうしようかと大いに迷った。まだ日は高い。東京の草屋の子供の事など、ふと思った。なるべく思い出さないようにしているのだが、心の空虚の隙《すき》をねらって、ひょいと子供の面影が胸に飛び込む。私は立ち上って町の郵便局へ行き、葉書を一枚買って、東京の留守宅へ短いたよりを認《したた》めた。

西海岸の南端、深浦まで足を伸ばした太宰が、東京に残した家族――百日咳を患う子と、身籠った妻――のことを思い出して、感傷にひたる場面。西海岸への旅にはN君は同行せず、太宰は五能線に乗って、木造、深浦、鰺ヶ沢をひとりで訪ねた。
写真は深浦の北、行合崎の夕景。厚い雲の切れ目から、一瞬、陽光がシャワーのように降り注ぎ、水平線を金色に染めた。5月とはいえ、夕暮れの海風は身を切るように冷たい。眼下の浜では、赤褐色の岩に砕けた波が白く泡立つ。こんな海をひとりで眺めていたら、太宰ならずともセンチメンタルな気分になって、妙に里心をかきたてられてしまう。

その八

芦野公園駅幻想

……ぼんやり窓外の津軽平野を眺《なが》め、やがて金木を過ぎ、芦野《あしの》公園という踏切番の小屋くらいの小さい駅に着いて、金木の町長が東京からの帰りに上野で芦野公園の切符を求め、そんな駅は無いと言われ憤然として、津軽鉄道の芦野公園を知らんかと言い、駅員に三十分も調べさせ、とうとう芦野公園の切符をせしめたという昔の逸事を思い出し、窓から首を出してその小さい駅を見ると、いましも久留米《くるめ》絣《がすり》の着物に同じ布地のモンぺをはいた若い娘さんが、大きい風呂敷《ふろしき》包みを二つ両手にさげて切符を口に咥《くわ》えたまま改札口に走って来て、眼を軽くつぶって改札の美少年の駅員に顔をそっと差し出し、美少年も心得て、その真白い歯列の間にはさまれてある赤い切符に、まるで熟練の歯科医が前歯を抜くような手つきで、器用にぱちんと鋏《はさみ》を入れた。少女も美少年も、ちっとも笑わぬ。当り前の事のように平然としている。少女が汽車に乗ったとたんに、ごとんと発車だ。まるで、機関手がその娘さんの乗るのを待っていたように思われた。こんなのどかな駅は、全国にもあまり類例が無いに違いない。金木町長は、こんどまた上野駅で、もっと大声で、芦野公園と叫んでもいいと思った。

西　海岸から五所川原に戻ってきた太宰は、叔母の家に一泊し、翌日、小泊に向かうのだが、例によって飲み過ぎる。翌朝、二日酔いの朦朧とした頭を抱えて乗った津軽鉄道の「芦野公園駅」での光景を描いたのがこの場面。まるで映画のひとこまのように、美少女と美少年の姿が目に浮かぶ。実際の駅舎も、こんな場面が似合いそうな、小さくてかわいい佇まいだった。

実はこの前文で、酒癖についてさんざん自己嫌悪し、くだくだと言い訳をしているのだが、あたかも舞台がぐるりと回転したように、同じ段落の中で、こんな美しい光景を描いてみせる。とても同じ人の書いた文とは思えないほどだ。写真は、芦野公園駅のホームを出た津軽鉄道の列車。

その九

文章を写す景色

……やがて、十三湖が冷え冷えと白く目前に展開する。浅い真珠貝に水を盛ったような、気品はあるがはかない感じの湖である。波一つない。船も浮んでいない。ひっそりしていて、そうして、なかなかひろい。人に捨てられた孤独の水たまりである。流れる雲も飛ぶ鳥の影も、この湖の面には写らぬというような感じだ。

五　所川原から半島北部西岸の小泊に向かった太宰が、バスの車窓から眺めた十三湖の描写。長部日出雄氏が「太宰が風景を写したのではなく、風景のほうが太宰の文章の真似《まね》をしているようにおもえて来る」と評した（『富士には月見草』新潮文庫）名文だ。

写真は秋の十三湖。幾重にも重なって銀色に揺れる穏やかな湖面の向こうに、藁《わら》焼《や》きの煙が地を這うようにたなびいていた。

その十

再会の日

……また畦道をとおり、砂丘に出て、学校の裏へまわり、運動場のまんなかを横切って、それから少女は小走りになり、一つの掛小屋へはいり、すぐそれと入違いに、たけが出て来た。たけは、うつろな眼をして私を見た。

「修治だ」私は笑って帽子をとった。

「あらあ」それだけだった。笑いもしない。まじめな表情である。でも、すぐにその硬直の姿勢を崩して、さりげないような、へんに、あきらめたような弱い口調で、「さ、はいって運動会を」と言って、たけの小屋に連れて行き、「ここさお坐《すわ》りになりせえ」とたけの傍に坐らせ、たけはそれきり何も言わず、きちんと正座してそのモンペの丸い膝《ひざ》にちゃんと両手を置き、子供たちの走るのを熱心に見ている。けれども、私には何の不満もない。まるで、もう、安心してしまっている。足を投げ出して、ぼんやり運動会を見て、胸中に一つも思う事が無かった。もう、何がどうなってもいいんだ、というような全く無憂無風の情態である。平和とは、こんな気持の事を言うのであろうか。もし、そうなら、私はこの時、生れてはじめて心の平和を体験したと言ってもよい。

物語のクライマックス、タケ（小説では「たけ」）との再会の場面。タケは2歳から7歳までの太宰の子守りを務めた女性で、太宰は30年ぶりに彼女に会うために、そしてその再会の場面を書くために、この『津軽』執筆の仕事を受けたのかも知れない。

小泊には、〈小説「津軽」の像記念館〉があって、その庭に、この場面を再現したふたりの像がある。仲良く並んだふたりは、今もすぐ下の運動場を眺めている。写真は雨の日、台座に映った太宰とタケの像。

序編

私はこのたびの旅行で見て来た町村の、
地勢、地質、天文、財政、沿革、教育、衛生などに就いて、
専門家みたいな知ったかぶりの意見は避けたいと思う。
私がそれを言ったところで、
所詮《しょせん》は、一夜勉強の恥ずかしい軽薄の鍍金《めっき》である。
それらに就いて、くわしく知りたい人は、
その地方の専門の研究家に聞くがよい。
私には、また別の専門科目があるのだ。
世人は仮りにその科目を愛と呼んでいる。
人の心と人の心の触れ合いを研究する科目である。
私はこのたびの旅行に於いて、
主としてこの一科目を追及した。

青森・合浦公園の海岸　太宰が通った中学校は、この公園の中にあった

金木《かなぎ》／五所川原《ごしょがわら》

《或《あ》るとしの春、私は、生れてはじめて本州北端、津軽半島を凡《およ》そ三週間ほどかかって一周したのであるが、それは、私の三十幾年の生涯《しょうがい》に於《お》いて、かなり重要な事件の一つであった。私は津軽に生れ、そうして二十年間、津軽に於いて育ちながら、金木《かなぎ》、五所川原《ごしょがわら》、青森、弘前《ひろさき》、浅虫《あさむし》、大鰐《おおわに》、それだけの町を見ただけで、その他の町村に就いては少しも知るところが無かったのである。》

小説『津軽』の〈序編〉は、こんな文章で始まる。

『津軽』が刊行されたのは、昭和19（1944）年11月のこと。小山書店から「新風土記叢書」の一冊として『津軽』執筆を委嘱された太宰は、この年の5月12日、上野発17時30分の夜行列車で青森に向かった。

以下、その旅程を簡単に記すと……

5月13日
午前8時青森着。出迎えたT君宅に寄ってから、午後、バスで蟹田《かにた》へ向かい、N君宅へ。

5月14日
観瀾山《かんらんざん》で花見の後、蟹田旅館で会食、さらにSさん宅で歓待を受ける。16日までN君宅に滞在。

5月17日
N君とバスで今別《いまべつ》へ。Mさん宅で会食後、本覚寺《ほんがくじ》に参詣。三人連れ立って徒歩で三厩《みんまや》へ。三厩・丸山旅館泊。

5月18日
義経寺《ぎけいじ》に参詣した後、N君とふたり、徒歩で竜飛《たっぴ》に向かう。竜飛・奥谷旅館泊。

5月19～20日
竜飛から三厩を経て、蟹田に戻り、N君宅に滞在。

5月21～24日
金木の生家に帰省し、高流山《たかながれやま》、鹿子川など散策。

5月25日
五能線に乗って、ひとり、父の生家がある木造《きづくり》を訪ね、その後深浦《ふかうら》へ。深浦・秋田屋旅館泊。

5月26日
深浦から鰺ヶ沢《あじがさわ》を経て、五所川原へ。五所川原・叔母のきゑ宅泊。

5月27日
津軽鉄道で中里を経て、バスで小泊《こどまり》へ。越野タケに再会。

その後、いったん蟹田に戻り、6月4日に船で青森に渡って、5日に帰京しているが、小説に描かれているのは、小泊での、タケとの再会の場面までだ。13日以降の旅程は〈本編〉に詳細に記されているが、〈序編〉には冒頭に記された通り、金木、五所川原の地勢を簡単に説明した後、青森、弘前、浅虫、大鰐について、「思い出」や「おしゃれ童子」の文章を引用しながら回顧する形で書かれている。

金木、五所川原は〈本編〉で訪ねることにして、まず〈序編〉の記述に沿って、太宰治、いや、津島修治が青春時代を過ごした街角を歩いてみよう。

【上】太宰の生家、金木の斜陽館
【下】五所川原のハイカラ町
右側の「津島歯科」のところに、
太宰の叔母きゑの家があった

青森《あおもり》

金木第一尋常小学校を卒業した修治は、一年間、同じ金木の明治高等小学校に通い、大正12（1923）年に県立青森中学校に入学した。

《いい成績ではなかったが、私はその春、中学校へ受験して合格をした。私は、新しい袴《はかま》と黒い沓下《くつした》とあみあげの靴をはき、いままでの毛布をよして羅《ラ》紗《シャ》のマントを洒落者《しゃれもの》らしくボタンをかけずに前をあけたまま羽織って、その海のある小都会へ出た。そして私のうちと遠い親戚《しんせき》にあたるそのまちの呉服店で旅装を解いた。入口にちぎれた古いのれんをさげてあるその家へ、私はずっと世話になることになっていたのである。》（思い出）

修治が下宿したのは、老舗呉服店、豊田家の二階の八畳間。県庁や市役所に近い寺町（現・本町一丁目）の一角だが、その建物は既に失われ、今は駐車場になっている。修治が体を鍛えるために《百米《メートル》の直線コオスを作り、ひとりでまじめに走った》（思い出）墓地のあるお寺、常光寺の前に立つプレートだけが、当時を静かに物語っている。『津軽』〈本編〉にも登場するN君こと親友の中村貞次郎も、このすぐ近くの酒屋の二階に下宿していたという。

ここから中学校までは約2キロ半、30～40分の道のりを、修治は毎日歩いて通った。そのルートは幾通りも考えられるが、修治は中学校裏の合浦《がっぽ》公園を抜けて、海岸沿いに歩くことを好んだようだ。

《……この公園は、ほとんど中学校の裏庭と言ってもいいほど、中学校と密着していた。私は冬の吹雪の時以外は、学校の行き帰り、この公園を通り抜け、海岸づたいに歩いた。謂《い》わば裏路《うらみち》である。あまり生徒が歩いていない。私には、この裏路が、すがすがしく思われた。初夏の朝は、殊《こと》によかった。》

太宰の通った中学校は空襲で焼け、今では市営球場になってしまっているが、合浦公園は、おそらく当時とさほど違わない趣を、今も保っている。

とても気持のよい公園だ。広大な園内には松や桜の老木が生い茂り、松籟の向こうから聞こえてくる波音に誘われて奥に進むと、美しい砂浜が広がる。石川啄木の歌碑「船に酔ひて／やさしくなれるいもうとの／眼見ゆ津軽の海

合浦公園、初夏の雨上がり
かつて中学校があったあたりは、現在はグラウンドになっている

私が三年生になって、春のあるあさ、
登校の道すがらに朱で染めた橋の
まるい欄干へもたれかかって、
私はしばらくぼんやりしていた。
橋の下には隅田川に似た
広い川がゆるゆると流れていた。
（思い出）

太宰の中学校への通学路の中程にある堤川
写真は河口に近い石森橋から上流を望む

を思へば」が立つあたりで松林が絶え、そこから広がる砂浜の先、水平線の向こうに夏泊半島がうっすらと霞む。

　冬の夕暮れのこと。公園と砂浜との境目さえわからぬほどに雪が覆い尽くした、足跡一つない白い波打ち際に立つ黒い影がひとつ……マントを羽織った太宰が佇んでいる……わけもないが、遠目にはそんな風にも見えた影の正体は、寒風を背に孤独を楽しむかのように悠然と沖を見つめる一羽の鳥だった。

　冬場は荒涼とした風景だが、春は桜の名所として、また夏は海水浴場として賑わうそうだ。修治もこの海で、よく泳いだという。

《……暑いじぶんには、学校の帰りしなに必ず海へはいって泳いだ。私は胸泳といって雨蛙《あまがえる》のように両脚をひらいて泳ぐ方法を好んだ。頭を水から真直に出して泳ぐのだから、波の起伏のこまかい縞目《しまめ》も、岸の青葉も、流れる雲も、みんな泳ぎながらに眺められるのだ。》（思い出）

　修治が好んだ海岸沿いのルートを歩

青森

秋のはじめの或る月のない夜に、私たちは港の桟橋へ出て、海峡を渡ってくるいい風にはたはたと吹かれながら赤い糸について話合った。……私たちはその夜も、波の音や、かもめの声に耳傾けつつ、その話をした。お前のワイフは今ごろどうしてるべなあ、と弟に聞いたら、弟は桟橋のらんかんを二三度両手でゆりうごかしてから、庭あるいてる、ときまり悪げに言った。大きい庭下駄《げた》をはいて、団扇《うちわ》をもって、月見草を眺めている少女は、いかにも弟と似つかわしく思われた。……私は真暗い海に眼をやったまま、赤い帯しめての、とだけ言って口を噤《つぐ》んだ。海峡を渡って来る連絡船が、大きい宿屋みたいにたくさんの部屋部屋へ黄色いあかりをともして、ゆらゆらと水平線から浮んで出た。（思い出）

いてみた。合浦公園と下宿のちょうど真ん中あたりを堤川が横切っており、現在は通りごとに五本の橋がかかっている。修治が《朱で染めたまるい欄干へもたれかかって》物思いに耽ったのは、どの橋だろう。《奇妙に躊躇《ちゅうちょ》して逆流するかのように流れが鈍《にぶ》く》なるところというから、いちばん下流の石森橋だろうか。「朱で染めたまるい欄干」はすでにないが、たしかに流れは鈍く、空を映して揺れる水面に、太宰の面影が見え隠れする。

　その橋の上で修治は、想いを巡らす。《……橋をかたかた渡りながら、いろんな事を思い出し、また夢想した。そして、おしまいに溜息《ためいき》ついてこう考えた。えらくなれるかしら。……そしてとうとう私は或《あ》るわびしいはけ口を見つけたのだ。創作であった。ここにはたくさんの同類がいて、みんな私と同じように此のわけのわからぬおののきを見つめているように思われたのである。作家になろう、作家になろう、と私はひそかに願望した。》（思い出）作家・太宰治の目覚めの瞬間である。

　実際、この時期から太宰の本格的な執筆活動が始まった。修治が青森中学校友会誌に「最後の太閤」を発表したのは一年生の3月。二年生の8月には同人誌「星座」を、同年11月には「蜃気楼」を創刊し、小説やエッセイを発表している。

　『思い出』に描かれたこの時期のことを、太宰は『津軽』で堤川の河口に準えて、《きざな譬《たと》え方をすれば、私の青春も川から海へ流れ込む直前であったのであろう。青森に於ける四年間は、その故《ゆえ》に、私にとって忘れがたい期間であったとも言えるであろう》と振り返っている。

　石森橋から海岸沿いに青森港に向かった。海岸沿いといっても、埋め立てが進み、倉庫が林立する現在、道路から海は望めない。修治が弟とふたりで「赤い糸」について語り合った桟橋のあたりも、すっかり面影は失われている。それでも《雪の降る夜も、傘《かさ》をさして弟と二人でこの桟橋に行った。深い港の海に、雪がひそひそ降っているのはいいものだ》と懐かしむほどに、忘れられない場所のひとつ。

　『思い出』では、ここで修治が「赤い糸」で結ばれた相手に想定した、実家の小間使い、みよとの淡い恋の行方をたどって話が展開してゆく。合浦公園

【右頁】青森港を出港する在りし日の青函連絡船
【左】新中央埠頭より望む青森港

から青森港までの裏道は、恋に目覚め、また文学に傾倒し始めた少年・修治の、まさに青春の道であった。

太宰の生涯に常に重く覆いかぶさっていた「津島家」という存在から一時離れ、一人暮らしを満喫していたかに見える修治少年だが、意外にもホームシックにかかったりもしている。

《休暇が終りになると私は悲しくなった。故郷をあとにし、その小都会へ来て、呉服商の二階で独りして行李をあけた時には、私はもう少しで泣くところであった。》（思い出）

鬱陶しく感じながらも、離れると寂しくてしかたがない……そんな実家への想いは、たぶん大人になってもずっと抱いていたのだろう。

弘前高校時代に芸妓・紅子こと小山初代（太宰の最初の妻）と逢瀬を重ねた料亭「おもたか」は、市内の浜町（現・本町二丁目）にあったが、今では建物は失われ、駐車場になっていた。

さて、『津軽』の〈序編〉では、青森に続いてふたつの温泉を紹介している。青森の東側、海沿いの浅虫温泉と、弘前の南の山中の大鰐温泉だ。共に金木の家族がしばしば湯治に訪れた場所で、浅虫温泉では椿館、大鰐温泉ではヤマニ仙遊館を定宿としていた。

《私はそこから汽車で学校へかよった。日曜毎《ごと》に友人たちが遊びに来るのだ。……私は友人たちと必ずピクニックにでかけた。海岸のひらたい岩の上で、肉鍋《にくなべ》をこさえ、葡萄酒をのんだ。……

常光寺の石仏群
太宰が下宿した豊田家は、この寺に隣接してあったが、現在は駐車場の前にプレートが残るのみだ

遊びつかれてその岩の上で眠って、眼がさめると潮が満ちて陸つづきだった筈《はず》のその岩が、いつか離れ島になっているので、私たちはまだ夢から醒《さ》めないでいるような気がするのである。》
（思い出）

浅虫温泉について、そんな思い出を語っているが、椿館は太宰の宿というよりは、棟方志功ゆかりの宿という色合いが濃い。しかし、浅虫の海岸で友人たちと過ごした時間は、修治にとって忘れられない青春のひと時であった。

太宰が友人たちと遊んだ浅虫温泉の海岸

一方の大鰐温泉・ヤマニ仙遊館は、明治30年創建の建物に、太宰の家族が利用した部屋が、改装されてはいるが、いまでも客室として利用されている。

「ご本人のことはあまり覚えていませんが、家族の方は毎年湯治にお見えでした。お得意様だったので、楽しみにしてました」と、女将さんは当時のことを懐かしそうに語ってくれた。

《大鰐は、……温泉よりも、スキイ場のために日本中に知れ渡っているようである。山麓《さんろく》の温泉である。ここには、津軽藩の歴史のにおいが幽かに残っていた。私の肉親たちは、この温泉地へも、しばしば湯治に来たので、私も少年の頃あそびに行ったが、……大鰐の思い出は霞《かす》んではいても懐《なつか》しい。》

ここは小山初代の出身地でもある。また、弘前高校在学中の、最初の自殺未遂の後、修治が療養したのもこの温泉だった。

青森

【右】大鰐温泉の定宿のヤマニ仙遊館には、太宰らが利用した昔のままの部屋がある
【左】大鰐温泉の中の橋から望む温泉街

弘前《ひろさき》

昭和2（1927）年、修治は弘前高等学校に入学する。弘前のことを、太宰は《未《いま》だに、ほんものの馬鹿者が残っている》町だといい、弘前時代の自身のことも《さすがの馬鹿の本場に於いても、これくらいの馬鹿は少かったかも知れない》と述懐している。いったい何をしでかしたのか？　高校生の身で女師匠・竹本咲栄について義太夫を習い、酒の味を覚えて芸者遊びにうつつを抜かし、花街を徘徊……。《粋《いき》な、やくざなふるまいは、つねに最も高尚《こうしょう》な趣味であると信じていました。》

その頃、修治が遊んだあたりは、お堀脇の榎小路（現・下白銀町）や、新土手通からちょっと入った横町の、今も残る[み]小路《かくみこうじ》と呼ばれる歓楽街の一角。彼が通ったといわれる喫茶店「万茶《まんちゃ》ン《ん》」は、ちょっと場所を変えてはいるが、[み]小路に健在で、当時、先代店主が編み出した秘伝のブレンド・コーヒーを、今も味わうことができる。

芸妓・紅子（小山初代）に恋いこがれて、青森の料亭「おもたか」に通い始めたのも、この頃のことだ。

いったい何が太宰を変えたのか？

敬愛する芥川龍之介の自殺が、ひとつの契機であったことはまちがいなさそうだ。しかし、『津軽』では、そのあたりのことに一切触れられていない。この時期は文学的にも、また左翼思想への傾倒や初代との恋など、修治にとって非常に重く、切ない時代であったはずだ。そのことを書き始めたら、とても〈序編〉では済まなかったということだろうか……「おしゃれ童子」で描いた、粋を気取った学生時代の醜態を、自虐的に紹介するに止めている。

太宰ゆかりの地は、弘前ペンクラブ会長の斎藤三千政《みちまさ》さんに案内していただいた。斎藤さんは大学の卒業論文で太宰をテーマにして以来、教職を勤める傍ら、陸羯南《くがかつなん》から佐藤紅緑《こうろく》、葛西善《かさいぜん》蔵《ぞう》、今官一《こんかんいち》、そして石坂洋次郎、寺山修司、鎌田慧《さとし》、長部日出雄《おさべひでお》まで、津軽の文学者たちを研究してきた方だ。

「私たちは彼らを『北の文学連峰』と呼んでいます。連綿と続く文学の風土の中で、しっかりとつながっている。しかし、それでいて、ひとりひとりが独立峰として屹立している」

確かに、この町には文学を生み出す何かがあるのだろう。そしてその正体を、太宰は『津軽』の中で懸命に解き明かそうとするのだが……。

《何か一つ、弘前の面目を躍如たらし

弘前で一番古い喫茶店「万茶ン」は、[み]小路の歓楽街の一角に健在
このランプは、当時から使っていたもの

弘前高等学校の文科に三年いたのであるが、
その頃、私は大いに義太夫に凝っていた。
甚だ異様なものであった。

弘前城と並ぶこの町のシンボルとして、
太宰が紹介している最勝院の五重塔

雪の弘前城天守閣
本来の天守閣は築城間もなく落雷で焼失、
その後は御三階櫓が天守とされた

弘前

むるものを描写したかったのであるが、どれもこれも、たわい無い思い出ばかりで、うまくゆかず、とうとう自分にも思いがけなかったひどい悪口など出て来て、作者みずから途方に暮れるばかりである。私はこの旧津軽藩の城下まちに、こだわりすぎているのだ。ここは私たち津軽人の窮極の魂の拠りどころでなければならぬ筈なのに、どうも、それにしては、私のこれまでの説明だけでは、この城下まちの性格が、まだまだあいまいである。》

結局《汝を愛し、汝を憎む》という一節に、万感の想いを込めることになる。(6頁参照)

ともあれ、町に出よう。「弘前は戦災を免れたため、被災した青森と違って、古い建物や町並みがよく残されています」と語る斎藤さんの車で、まずは町のシンボル、弘前城に向かった。追手門をくぐると、田山花袋や小林秀雄が日本一の折り紙をつけた、名高い桜並木が連なる。あいにく、花の季節ではなかったが、この幹の太い名木が

弘前城本丸から望む岩木山
太宰が「隠沼」と表現した町並みが、
山の麓まで広がっている

いっせいに咲いたら、さぞ素晴らしいことだろう。

「桜は、一説に五千本と言われますが、実際数えてみると二千六百本ほどだったそうです。弘前の桜は、一房につく花の量が多いといわれています。私たちは見慣れているから、こんなものかと思ってましたが、他所の桜を見ると、よくわかりますね。でも桜だけじゃなく、松もいいでしょう」

老松と桜の名木が艶姿を競う二の丸から、赤い欄干の下乗橋を渡って本丸に登り、天守を背に西の端まで進むと、蓮池越しに岩木山がデーンと現われた。

「これが、太宰が『隠沼《こもりぬ》』と書いた風景です。岩木山は、ここから見るのが一番姿がいい。もっとも、みんな自分の家や田んぼから見る山が一番だと言いますが（笑）」

岩木山については、「津軽富士八景」の章（68頁）で詳しく紹介することにして、太宰が学んだ弘前高等学校、現在の弘前大学に向う。残念ながら、大学構内に当時の建物は残っておらず、太宰の面影は、わずかに「弘高生青春之像」の脇に刻まれた「旧制弘高在校生名簿碑」にその名前が記されているだけだ。

「津島修治（太宰治）とカッコ付で刻まれていますね。この名簿の中には、カッコ付が二人いる。太宰と、在学当時から彼のライバルだった作家の石上玄一郎（本名・上田重彦）です」

　修治は、大学から500メートルほどの御幸町にあった、遠縁の藤田豊三郎宅に下宿していた。その家は、道路拡張のとばっちりで、元あった場所から100メートルほど位置を変えたが、当時のままの姿で保存されており、「太宰治まなびの家」として一般に公開されている。

　建物自体、大正時代の建築様式をよく残す貴重な建築として、市指定の有形文化財にも指定されているのだが、この家こそ、弘前の中では太宰の匂いがいちばん色濃くしみついている場所だといえる。

　外から見ると平屋のように見えるが、中にぶ厚い板を組んだ階段がある。その階段を昇ると、藤田家の長男、本太《もとた》郎《ろう》が使っていた八畳間があって、その部屋の奥の六畳間を修治は借りていた。部屋には当時のままの文机や茶箪笥がそのまま配置されている（43頁）。

「移築前は、窓の外にすばらしい庭が望めたんですが……。太宰はこの部屋に歌舞伎調の幕を垂らしたり、鴨居に人形を並べたりして、江戸情緒を演出していたそうです」

　ここから義太夫の師匠、竹本咲栄の家（現・富田二丁目）までは300メートルほど。その横道を歩いていると、詰め襟姿の学生とすれ違った。彼は義太夫なんて、そもそも聞いたこともないんだろうな……。

　太宰は〈序編〉のおしまいの方で、《思えば、おのれの肉親を語る事が至難な業《わざ》であると同様に、故郷の核心を

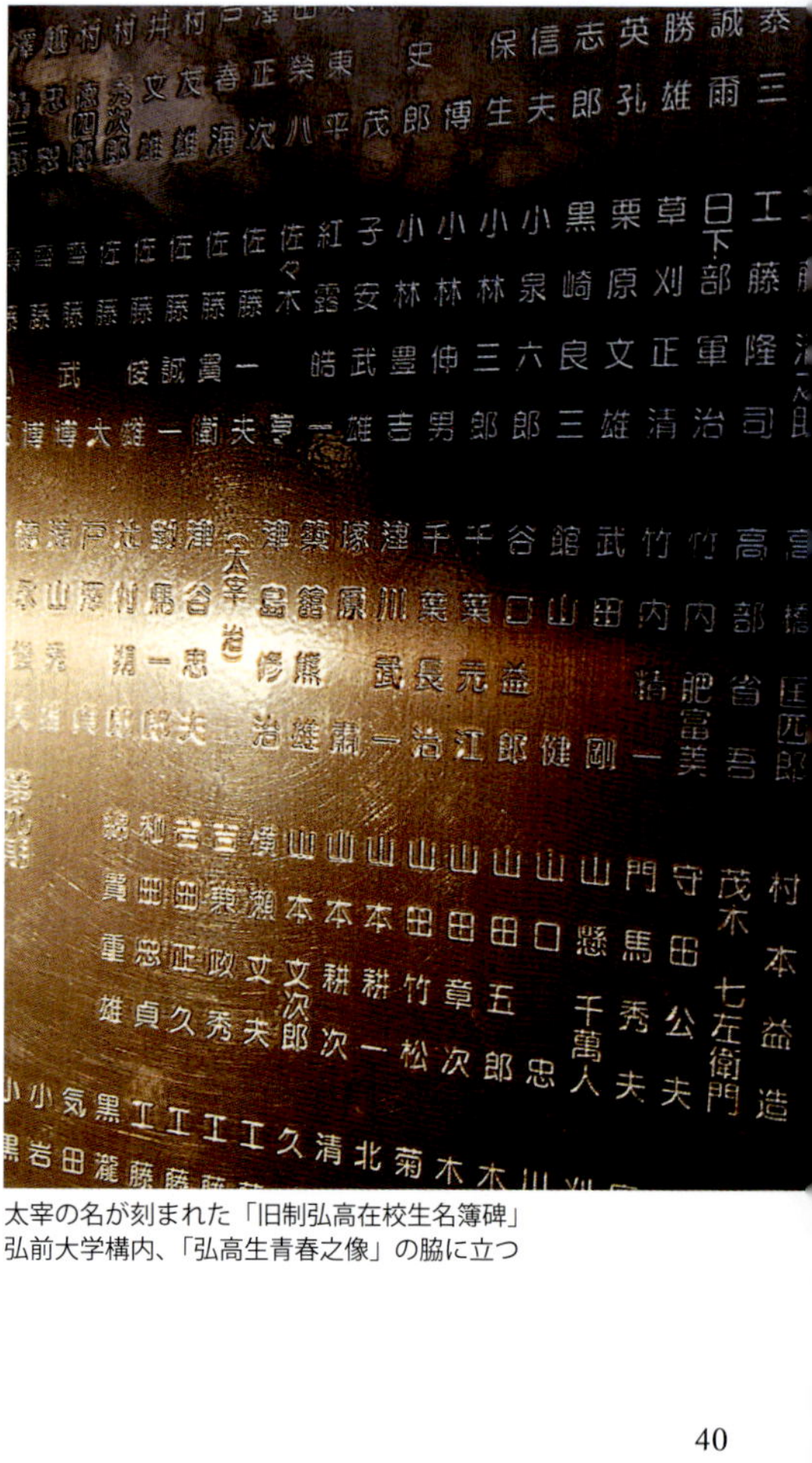

太宰の名が刻まれた「旧制弘高在校生名簿碑」
弘前大学構内、「弘高生青春之像」の脇に立つ

【上】太宰が通っていた義太夫の
師匠の家は、このあたりにあった
【下】太宰治まなびの家には、太宰が
使用した家具などが保存されている

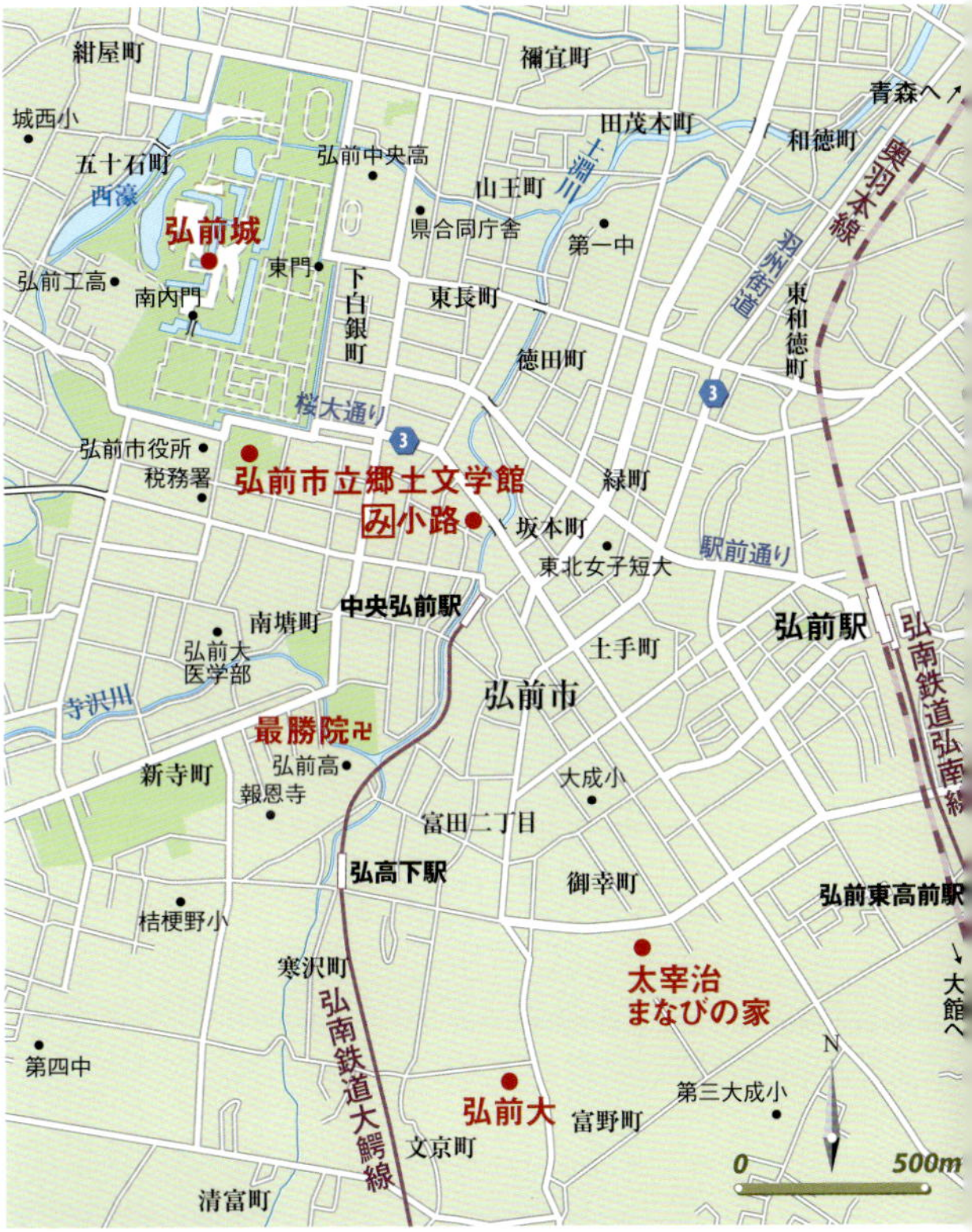

太宰治まなびの家
弘前市御幸町９番地１
公開時間　10：00～16：00
休館日　12月29日～1月3日
入場無料

弘前市立郷土文学館
弘前市大字下白銀町２－１
公開時間　9：00～17：00
休館日　12月29日～1月3日
入場料　一般100円

弘前

語る事も容易に出来る業ではない。ほめていいのか、けなしていいのか、わからない。……この六つの町は、私の過去に於いて最も私と親しく、私の性格を創成し、私の宿命を規定した町であるから、かえって私はこれらの町に就いて盲目なところがあるかも知れない。これらの町を語るに当って、私は決して適任者ではなかったという事を、いま、はっきり自覚した。以下、本編に於いて私は、この六つの町に就いて語る事は努めて避けたい気持である。私は、他の津軽の町を語ろう。》

　と逃げを打って、弘前を後にした。

　太宰以外にも、斎藤さんが「北の文学連峰」と称した作家たちの足跡は、追手門の近く、市役所の隣にある弘前市立郷土文学館で辿ることが出来る。顕われ方には違いがあるが、彼らも皆、《自矜《じきょう》の孤高を固守》しながら《稜々《りょうりょう》たる反骨》の魂を内に秘めた、孤高の文学者たちだ。太宰が先達から受けついだ津軽人の魂は、今も脈々とここ、弘前に受け継がれている。

滅びの風景 一

Column:at Hirosaki

弘前

太宰は生涯に五度、自殺や心中を試みている。最初の自殺未遂は二十歳の初冬、弘前高等学校在学中のこと。下宿先の自分の部屋でカルモチンを大量に飲んで、昏睡状態に陥った。

以下、二度目はその翌年の晩秋。よく知られている湘南海岸腰越、小動崎《こゆるぎ》での、田辺あつみとの入水心中。この時は女だけが死に、太宰は生き残った。

三度目は二十六歳の春。鎌倉の鶴岡八幡宮の裏山で、ひとり縊死を企てたが、死にきれずに自力で帰宅。

四度目は、二十八歳の冬。妻の初代と谷川温泉の山中で、やはり服毒心中を図るが、ふたりとも生還。

そして三十九歳の初夏。山崎富栄と三鷹の玉川上水に入水したのが最期だった。

鎌倉心中は『道化の華』などに、縊死未遂の模様は『狂言の神』に、谷川心中は『姥捨』にと、太宰はその都度、死を想わずにいられなかった心情と、その経過を、克明に小説に書き残してきた。これらの作品を手がかりに、そのとき太宰の眼に映ったであろう「滅びの風景」を追ってみた。

ところが、のっけからつまずいた。最初の自殺未遂について、太宰はほとんど書き残しておらず、わずかに、こんなことを言っているだけだ。

《これもやはり高等学校時代の写真だが、下宿の私の部屋で、机に頬杖《ほおづえ》をつき、くつろいでいらっしゃるお姿だ。なんという気障《きざ》な形だろう。くにゃりと上体をねじ曲げて、歌舞伎のうたた寝の形の如く右の掌を軽く頬にあて、口を小さくすぼめて、眼は上目使《うわめづか》いに遠いところを眺めているという馬鹿さ加減だ。……私は今だってなかなかの馬鹿ですが、そのころは馬鹿より悪い。妖怪《ようかい》でした。贅沢三昧《ぜいたくざんまい》の生活をしていながら、生きているのがいやになって、自殺を計った事もありました。何が何やら、わからぬ時代でありました。》(小さいアルバム)

最初から死ぬつもりなどなかったのか。芥川が遺した「唯ぼんやりした不安」に襲われて、ちょっとポーズをつけてみただけだったのか……。

《大作家になるためには、……筆の修業よりも、人間としての修業をまずして置かなくてはかなうまい、と私は考えた。恋愛はもとより、ひとの細君を盗むことや、一夜で百円もの遊びをすることや、牢屋《ろうや》へはいることや、それから株を買って千円もうけたり、一万円損したりすることや、人を殺すことや、すべてどんな経験でもひととおりはして置かねばいい作家になれぬものと信じていた。》(断崖の錯覚)

もしかしたら、恋愛や不倫、放蕩や博打や殺人と同じように、自殺もまた「人間としての修業」のひとつだと考えていたのかも知れない。いずれにせよ、この自殺未遂から、太宰の「滅びの風景」が始まった。

太宰が弘高時代を過ごした
藤田家の二階の部屋
文机や茶箪笥など、
当時のままに保存されている

本編

左側は竜飛漁港
ここで道は行き止まりとなる

巡礼《じゅんれい》

「ね、なぜ旅にでるの？」
「苦しいからさ」

この名フレーズで『津軽』の「本編」の幕が開く。

《津軽の事を書いてみないか、と或《あ》る出版社の親しい編輯者《へんしゅうしゃ》に前から言われていたし、私も生きているうちに、いちど、自分の生れた地方の隅々《すみずみ》まで見て置きたくて、或る年の春、乞食《こじき》のような姿で東京を出発した。》

どんな格好だったかというと、

《有り合せの木綿の布切を、家の者が紺色に染めて、ジャンパーみたいなものと、ズボンみたいなものにでっち上げた何だか合点のゆかない見馴《みな》れぬ型の作業服なのである。染めた直後は、布地の色もたしかに紺であった筈だが、一、二度着て外へ出たら、たちまち変色して、むらさきみたいな妙な色になった。むらさきの洋装は、女でも、よほどの美人でなければ似合わない。私はそのむらさきの作業服に緑色のスフのゲートルをつけて、ゴム底の白いズックの靴《くつ》をはいた。帽子は、スフのテニス帽。あの洒落者《しゃれもの》が、こんな姿で旅に出るのは、生れてはじめての事であった。》

なるほど、想像するだけでも珍妙ではある。ともあれ、5月13日、上野からの夜行列車で青森に着いた太宰は、T君に出迎えられ、彼の家で一服してから、バスで蟹田に向かう。いよいよ、

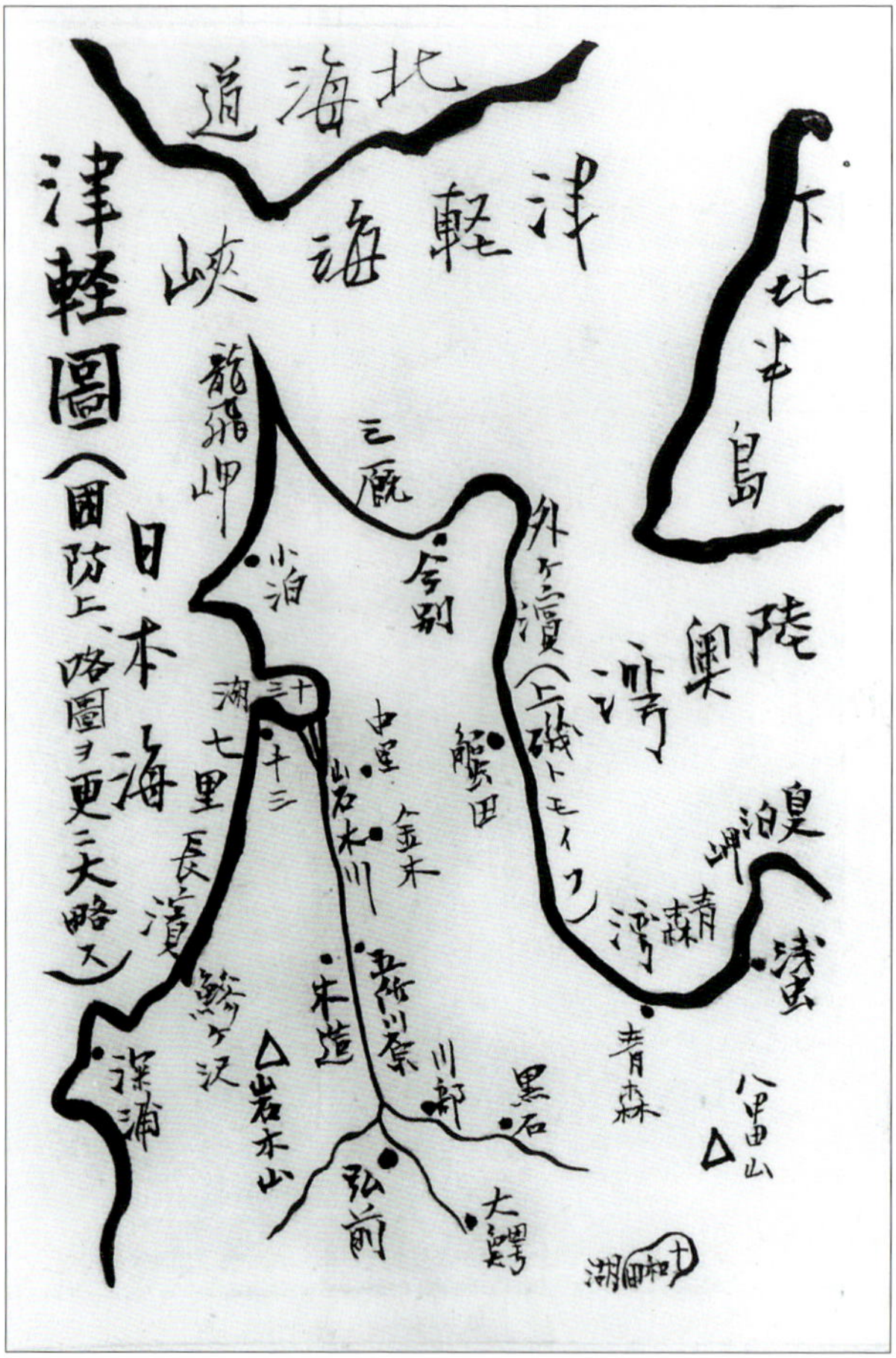

『津軽』に添えられた太宰手書きの津軽地図

ここから太宰の旅が始まる。

さて『津軽』には、T君はじめ、イニシャルで登場する人々が何人かいる。その人々をここで紹介しておこう。

まず青森駅に太宰を出迎えたT君は、東青病院の検査技師、外崎勇三。かつて、金木の津島家で働いていた。

続いて旅の相棒N君こと中村貞次郎は、蟹田で精米業を営む町会議員。太宰とは青森中学以来の親友である。

蟹田のSさんとは、東青病院蟹田分院事務長の下山清次。疾風怒濤のもてなしで太宰を苦笑させた人物だ。

やはり観瀾山の花見の席にいた今別のMさんとは、レントゲン技師の松尾清照。その後、今別で太宰と中村に合流して三厩までいっしょに歩いている。

観瀾山の花見に登場するHさんとは、T君の病院の同僚の樋口定雄。

他にも長兄の津島文治、次兄の英治、姪の陽子、光ちゃん、太宰の後見人、五所川原の呉服商中畑慶吉とその娘けい子……と、個性豊かな脇役陣が登場して、太宰の旅に彩りを添えている。

観瀾山にたつ太宰の文学碑
丘の上から港と、蟹田川沿いに広がる
豊かな田園風景が望まれる

蟹田

観瀾山《かんらんざん》から見下すと、
水量たっぷりの蟹田川が
長蛇《ちょうだ》の如《ごと》くうねって、
その両側に一番打《うち》のすんだ水田が
落ちつき払って控えていて、
ゆたかな、たのもしい景観をなしている。
山は奥羽山脈の支脈の梵珠《ぼんじゅ》山脈である。
この山脈は津軽半島の根《ね》元《もと》から起って
まっすぐに北進して
半島の突端の竜飛《たっぴ》岬まで走って
海にころげ落ちる。

蟹田《かにた》

外ヶ浜の案内人は、「外ヶ浜太宰会」を主宰する石田悟さん。普段は消防署にお勤めで、50歳を越えるまで、太宰なんぞ読んだこともなかったという。それが、大病を患い、後遺症の言語障害のリハビリのために『津軽』の演劇に参加したのを機に、一気に太宰にのめりこんだのだとか。

「外ヶ浜太宰会は、太宰本人というより、蟹田の住人だった中村貞次郎を主役に据えて、自腹で資料を集めて研究しています。外ヶ浜町公民館の一室を借りて資料を展示したり、読書会の開催などやってるんですが、知名度はなかなか……」

そう語る石田さんは、驚いたことに、石田三成の直系の子孫なのだと言う。そういえば司馬遼太郎『街道をゆく 北のまほろば』に、津軽で石田三成の子孫に会った話があったっけ。

公民館を覗いてみると、石田さんたちが地元の強みを生かして集めた中村貞次郎に関する写真など、他では見られない貴重な資料がたくさん展示されていた。

公民館を後に、海岸沿いの国道を北に向かう。蟹田川を渡って、鰺ヶ沢方面に抜ける道とのT字路の先に、中村貞次郎の旧宅があった。現在はスナックとなっているが、正面の壁に掲げられた「中貞商店」の文字は健在。精米所は、その筋向かいにあったのだという。太宰は取材旅行の行きも帰りも、この家に数日滞在して過ごしている。

《私は、中学時代には、よその家へ遊びに行った事は絶無であったが、どういうわけか、同じクラスのN君のところへは、実にしばしば遊びに行った。N君はその頃、寺町の大きい酒屋の二階に下宿していた。私たちは毎朝、誘い合って一緒に登校した。そうして、帰りには裏路の、海岸伝いにぶらぶら歩いて、雨が降っても、あわてて走ったりなどはせず、全身濡《ぬ》れ鼠《ねずみ》になっても平気で、ゆっくり歩いた。いま思えば二人とも、頗《すこぶ》る鷹揚《おうよう》に、抜けたようなところのある子であった。そこが二人の友情の鍵《かぎ》かも知れなかった。》

N君こと中村貞次郎の旧宅
中村は太宰とは青森中学以来の付き合いで、
『津軽』の旅の前半に同行している

N君こと中村貞次郎は、太宰が心をゆるす、数少ない友のひとりだ。

《その前日には西風が強く吹いて、N君の家の戸障子をゆすぶり、「蟹田ってのは、風の町だね」と私は、れいの独り合点の卓説を吐いたりなどしていたものだが、きょうの蟹田町は、前夜の私の暴論を忍び笑うかのような、おだやかな上天気である。そよとの風も

この蟹田あたりの海は、
ひどく温和でそうして水の色も淡く、
塩分も薄いように感ぜられ、
磯《いそ》の香さえほのかである。
雪の溶け込んだ海である。
ほとんどそれは湖水に似ている。

観瀾山から望む平舘海峡と下北半島

無い。観瀾山の桜は、いまが最盛期らしい。静かに、淡く咲いている。爛漫《らんまん》という形容は、当っていない。花弁も薄くすきとおるようで、心細く、いかにも雪に洗われて咲いたという感じである。違った種類の桜かも知れないと思わせる程である。》

その淡い桜が見たかった。

観瀾山はN君の家からもすぐそこに見える、小高い丘。登ってみると、港と町を一望する丘の先端に、「かれは、人を喜ばせるのが、何よりも好きであった！」が刻まれた、文学碑がある。

「この碑文は、『正義と微笑』の一節で、井伏鱒二が選び、佐藤春夫が書いたものです。それより、この碑の石を見てください。太宰は中学時代、中村貞次郎の家によく遊びにきていたのですが、そんな時は連れ立って平舘《たいらだて》の海辺まで弁当持ちで出かけたんです。この石は、その海岸から運んできたもので、もしかしたら、ふたりがこの石の上に座っておにぎりを食べたことがあったかもしれませんね」

蟹田から20キロあまり北上した平舘元宇田《もとうだ》の海岸で採取された石は、元来石碑には向いていなかったようで、すでにあちこち剝落してしまっていたが、同じ公園に無軌道に林立する、誰のものとも知れぬ川柳の句碑に比べると、よほどこの地に似つかわしく思われた。

さて、桜が見当たらない。いや、確かに咲いているのだが、それは八重の里桜。花色も濃く、太宰が描いた淡い桜のイメージにはほど遠い。

「温暖化の影響で花が早くなったこともあるんですが、いつだったか山の桜に箒病《ほうきびょう》がはやって、全部伐採してしまったんです。それでなくても、太宰が『風の町』と書いたように、ここは風の通り道になっていて、花が咲いてもすぐに散ってしまいます」

確かに晴れているのに、陸奥湾から吹き付けるヤマセ（東風）は強く、冷たい。太宰が書いた「風の町」は、蟹田のキャッチフレーズになっている。

「この碑のあたりに蓆《むしろ》でも敷いて、蟹やガサエビ（蝦蛄）を食ったのでしょう」

観瀾山の文学碑の石を採取した平舘元宇田の海岸
太宰らの遊び場だった

蟹や蝦蛄は太宰の大好物。N君の家で蟹を振る舞われた太宰は、

《おそらくは、けさ、この蟹田浜からあがったばかりの蟹なのであろう。もぎたての果実のように新鮮な軽い味で

ある。私は、食べ物に無関心たれという自戒を平気で破って、三つも四つも食べた。》

　と告白している。観瀾山の花見の重箱にも、蟹は入っていた。これはトゲクリガニという種類で、春のほんの短い期間、蟹田の浜で採れるのだとか。見た目は毛ガニをひとまわり小さくしたような感じだが、濃厚な蟹味噌が旨い。やはりこの時期限定のシロウオの躍り食いといっしょに味わいたい。

風景がモノトーンに沈む、冬の蟹田の町角

　花見の席で、Sさん、Hさんらと《日本の或る五十年配の作家の仕事に就いて》の議論になったのだが、皆が評価する中、ひとりその作品を非難した太宰は、最後にあっさり兜を脱いだ。

《「……しかし、君たちは、僕《ぼく》を前に置きながら、僕の作品に就いて一言も言ってくれないのは、ひどいじゃないか」私は笑いながら本音《ほんね》を吐いた。》

　さらりと笑い話のように書いてはいるが、これこそがまさに太宰のプライドであり、遺作『如是我聞』で「老大家」たちに向けた、あの強烈な罵詈雑言にまでつながる、強い自意識の顕われではなかったか。

　さて、N君、T君、Sさん、Hさんら、観瀾山の花見に参加したメンバーたちは、お昼時になると蝦田旅館に席を移し、さらにSさんの家に移った。

　ここで、あの「疾風怒濤の接待」が始まるのだ。《おい、東京のお客さんを連れて来たぞ》に始まるSさんの長い台詞は10頁に紹介したが、これだけの長文を息もつかせず一気に読ませるのが、太宰の文章の巧さだろう。この独特の語り口は『駈込み訴え』や、あるいは語り部を若い女性に変えた『女生徒』などでも存分に発揮されている。

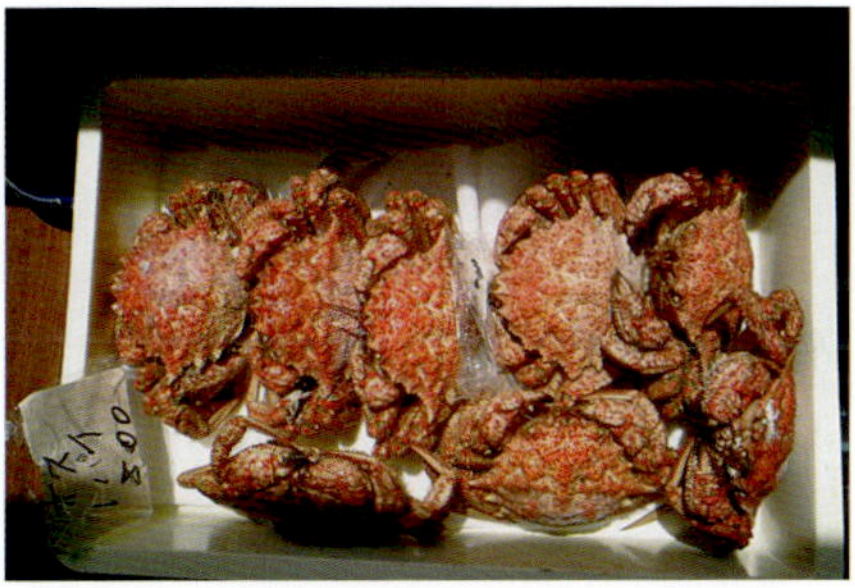

蟹田名物トゲクリガニ　太宰の好物で、この地方の花見の宴には欠かせないごちそう

外ヶ浜

その翌日、私はN君に案内してもらって、
外ヶ浜街道をバスで北上し、三厩《みんまや》で一泊して、
それからさらに海岸の波打際《なみうちぎわ》の心細い路《みち》を歩いて
本州の北端、竜飛岬《たっぴみさき》まで行ったのであるが、
その三厩竜飛間の荒涼索寞《さくばく》たる各部落でさえ、
烈風に抗し、怒濤《どとう》に屈せず、懸命に一家を支え、
津軽人の健在を可憐《かれん》に誇示していたし、
三厩以南の各部落、殊にも三厩、今別などに到っては
瀟洒《しょうしゃ》たる海港の明るい雰囲気《ふんいき》の中に
落ちつき払った生活を展開して
見せてくれていたのである。

外ヶ浜の集落にて

今別 三厩

いまべつ／みんまや

N君とともに蟹田を出た太宰は、バスで今別に向かった。お昼頃、今別に到着したふたりは、観瀾山でもいっしょだったMさんを訪ね、例によって酒宴がはじまる。

「そのMさん、松尾清照の家というのが、町中に今もある松尾薬局だと思われていて、ファンの方もずっとそちらを訪ねていたんですよ。でもね、実はまったく別の場所なんです」

と、石田さんが案内してくれたのは、町の西外れに建つ古い木造の家。今は誰も住んでいないらしい。

「松尾さんの勤めていた診療所は、このすぐ近くにありました。つい最近、わかったことなんです」

この家で程よく酔った三人は、N君の提案で本覚寺に参詣する。ところが太宰は、お寺に着く前に、魚売りの小母さんから二尺くらいの鯛を買ってしまう（12頁参照）。ここから、『津軽』の中でも最もユーモア溢れるコメディが展開してゆく。

お寺の庫裏に鯛を預けた一行は、説明を聞こうと本堂に案内された。

《それから、実にひどいめに逢った。お寺の坊さんはお留守のようで、五十年配のおかみさんらしいひとが出て来て、私たちを本堂に案内してくれて、それから、長い長い説明がはじまった。私たちは、きちんと膝《ひざ》を折って、かしこまって拝聴していなければならぬのである。説明がちょっと一区切ついて、やれうれしやと立上ろうとすると、N君は膝をすすめて、

「しからば、さらにもう一つお尋ねいたしますが」と言うのである。》

気を利かしたつもりのN君の度重なる質問のおかげで、延々と説教を聞くはめに陥った。

本覚寺は江戸初期の創建の浄土宗の古刹。境内に鎮座する大仏様の前には、五世住職の貞伝《ていでん》上人が建立した青銅製の念仏名号塔があって、県の重要文化

【右】Mさんの旧宅　今は誰も住んでいない
【左】本覚寺の山門　境内には大仏が鎮座し、貞伝上人建立の青銅製念仏名号塔が有名

三厩の義経寺は、港を見下ろす丘の上に建ち、
沖を行く船の灯台の役割も果たしたようだ
円空が刻んだ観世音菩薩像を祀っているが、普段は公開していない

財に指定されている。立派なお寺なのだが、太宰が描いたこのエピソードひとつで、なんだか妙なイメージが被せられてしまった。

さて、這々《ほうほう》の体で本覚寺を出た三人は、徒歩で三厩に向かい、なんとか日暮れには三厩の丸山旅館に着いた。ここで問題の〝鯛〟が登場する。

《私はリュックサックから鯛の包みを出して、女中さんに渡し、「これは鯛ですけどね、これをこのまま塩焼きにして持って来て下さい」

この女中さんは、あまり悧巧《りこう》でないような顔をしていて、ただ、はあ、とだけ言って、ぼんやりその包を受取って部屋から出て行った。

「わかりましたか」N君も、私と同様すこし女中さんに不安を感じたのであろう。呼びとめて念を押した。「そのまま塩焼きにするんですよ。三人だからと言って、三つに切らなくてもいいのですよ。ことさらに、三等分の必要はないんですよ。わかりましたか」》

しばらくして、鯛が出てきた。

義経寺から望む厳冬の三厩港
左下の奇岩が、地名の由来となった厩石

狭い海岸にしがみつくように拓かれた三厩梹榔の漁港

《ことさらに三つに切らなくてもいいというN君の注意が、実に馬鹿々々しい結果になっていたのである。頭も尾も骨もなく、ただ鯛の切身の塩焼きが五片ばかり、何の風情も無く白茶けて皿に載っているのである。……私はそれを一尾の原形のままで焼いてもらって、そうしてそれを大皿に載せて眺めたかったのである。……。ことさらに三つに切らなくてもいい、というN君の言い方もへんだったが、そんなら五つに切りましょうと考えるこの宿の者の無神経が、癪《しゃく》にさわるやら、うらめしいやら、私は全く地団駄《じだんだ》を踏む思いであった。》

三厩の話に戻ろう。平泉を追われて逃げてきた義経が、ここから蝦夷地に渡ろうとしたところ、海が荒れて足止めをくった。そこで持っていた観音像を海に沈めて祈ったところ、たちまち波は鎮まったといい、後にその観音像を祀ったのが義経寺だと伝わる。また、寺の下の海岸に大きな洞をいくつも抱く奇岩、厩石《うまやいし》があって、ここに義経が馬を繋いだことが、「三厩」という地名の由緒なのだとか。太宰はそうした伝説が気恥ずかしかったのか、これも喜劇調に茶化している。

《「これは、きっと、鎌倉時代によそから流れて来た不良青年の二人組が、何を隠そうそれがしは九郎判官、してまたこれなる髯男《ひげおとこ》は武蔵坊《むさしぼう》弁慶、一夜の宿をたのむぞ、なんて言って、田舎娘をたぶらかして歩いたのに違いない。どうも、津軽には、義経の伝説が多すぎる。鎌倉時代だけじゃなく、江戸時代になっても、そんな義経と弁慶が、うろついていたのかも知れない」

「しかし、弁慶の役は、つまらなかったろうね」N君は私よりも更に鬚《ひげ》が濃いので、或いは弁慶の役を押しつけられるのではなかろうかという不安を感じたらしかった。「七つ道具という重いものを脊負《せお》って歩かなくちゃいけないのだから、やっかいだ」

話しているうちに、そんな二人の不良青年の放浪生活が、ひどく楽しかったもののように空想せられ、うらやましくさえなって来た。》

たわいない話なのだが、不良青年の放浪生活をうらやむ太宰の心境は、彼の心の奥の深いところから、無意識のうちにぽろりとこぼれ出たようだ。

竜飛《たっぴ》

三厩を出た太宰とN君は、途中で風雨にみまわれながらも竜飛にたどり着く。その瞬間を、太宰はこう描く。

《路がいよいよ狭くなったと思っているうちに、不意に、鶏小舎《とりごや》に頭を突込んだ。一瞬、私は何が何やら、わけがわからなかった。

「竜飛だ」とN君が、変った調子で言った。

「ここが？」落ちついて見廻《みまわ》すと、鶏小舎と感じたのが、すなわち竜飛の部落なのである。兇暴《きょうぼう》の風雨に対して、小さい家々が、ひしとひとかたまりになって互いに庇護《ひご》し合って立っているのである。》

この感覚がどうしてもわからなかった。確かに道路が整備された今と、太宰の時代とは事情が違うだろう。しかし、海沿いに拓かれた道路に沿って走って行くと、竜飛の町並みは他と同様、

【右】津軽半島最北端、竜飛の漁港（1980年）　ここが本州のどん詰まり

【左】海岸沿いに連なる竜飛の集落（1980年）　奥の白っぽい屋根が太宰らが泊まった奥谷旅館

道沿いにきれいに並んでいる。

「今の道路は、青函トンネルの工事のためにできたんです。太宰が頭を突っ込んだ〝鶏小舎〟は、こっちです」

と、石田さんが入って行ったのは、現在の道路に面して建つ家並みの裏側。そこには人がようやくすれちがえる程度の細い路地が通っていた。その路地をはさんで、山側にもう一列の家並みがあって、路地の上で双方の軒がくっつきそうだ。さすがに今では「鶏小舎」というたとえは当たらないが、なるほど、こんな路地にいきなり飛び込んだら、《よその台所へはいってしまった》ような気分にもなるだろう。

《ここは、本州の極地である。この部落を過ぎて路は無い。あとは海にころげ落ちるばかりだ。路が全く絶えているのである。ここは、本州の袋小路だ。読者も銘肌《めいき》せよ。諸君が北に向って歩いている時、その路をどこまでも、さかのぼり、さかのぼり行けば、必ずこの外ヶ浜街道に到《いた》り、路がいよいよ狭くなり、さらにさかのぼれば、すぽり

かつて、まさに「道の尽きる地」に
立っていた頃の太宰の文学碑（1988年）
すぐ背後に津軽海峡と隔てる堤防がある

とこの鶏小舎に似た不思議な世界に落ち込み、そこに於《お》いて諸君の路は全く尽きるのである。》

そう刻まれた太宰の文学碑が、まさに道が尽きる位置、堤防の真ん前に立っていた。あたかもポルトガルのロカ岬に刻まれたカモンエスの碑文「ここに地果て、海始まる」のように。

後年、堤防が高く改修され、碑の周囲が太宰碑公園として整備された後に、この碑は90度向きを変えて、堤防と直角の方向に立て直された。

ところが、２００９年の春に訪れてみると、二ヶ月前に来たときは確かにそこにあった碑の姿が見当たらない。よくよく見ると、台座の基盤と、棟方志功が揮毫した「龍飛」の標柱だけが、むなしく公園の隅に残っていた。

なにがあったんだろう？

「奥谷旅館の脇に移動させると聞いていましたが、本当にやっちゃったんだ。でもね、この碑はこの位置にあるからこそ、意味があるんじゃないですか。いったい何を考えているんだか……」と、石田さんも憤懣やるかたない様子だ。

高い堤防の向こう側には、津軽海峡の激流が大波になって押し寄せていた。波は堤防上に立つ自分の目の高さよりも盛り上がって見えて、届かぬとわかっていても、そのまま攫われてしまいそうな、凄みをもって迫って来る。

「袋小路」から数百メートル戻った、竜飛集落の入り口のあたりに、太宰らが宿泊した旧奥谷旅館がある。旅館は「太宰の宿」として多くのファンが詰めかけ、部屋に入りきれない客が廊下に寝ていたこともあったと聞いたが、１９９９年に営業をやめ、現在は町営の「龍飛岬観光案内所　龍飛館」とい

2月、竜飛岬から、津軽海峡を望む
風速40mを超す烈風に、
雪は積もる間もなく吹き飛ばされる

【右】太宰らが泊まった奥谷旅館は、現在は観光案内所になっており、太宰はじめ宿泊した画家や作家の作品や縁の品が展示されている
【左】太宰が「鶏小舎に頭を突込んだ」と書いた竜飛の路地に蹲る少女

う施設になって、公開されている。

太宰らが泊まったのは北西の角の部屋で、寄贈された愛用の火鉢などが展示されている。この旅館は、太宰だけでなく、棟方志功や彫刻家の佐藤忠良、写真家の濱谷浩はじめ多くの作家、芸術家たちが利用したことでも知られており、作品や資料が展示されている。

旅館の前、道路を挟んだあたりが小公園として整備されているのだが、そこにぽつんと、あの文学碑が、いかにも居心地悪そうに立っていた。

『津軽』「外ヶ浜」の章のクライマックスは、16頁で紹介した手毬歌。とても美しいシーンだ。

《かの佐藤理学士の言説の如く、「人もし現代の奥州に就いて語らんと欲すれば、まず文芸復興直前のイタリヤに於いて見受けられたあの鬱勃《うつぼつ》たる擡頭《たいとう》力を、この奥州の地に認めなければならぬ。文化に於いて、はたまた産業に於いて然《しか》り、かしこくも明治大帝の教育に関する大御心はまことに神速に奥州の津々浦々にまで浸透して、奥州人特有の聞きぐるしき鼻音の減退と標準語の進出とを促し、嘗《かつ》ての原始的状態に沈淪《ちんりん》した蒙昧《もうまい》な蛮族の居住地に教化の御光を与え、而《しこう》して、いまや見よ云々《うんぬん》」というような、希望に満ちた曙《しょ》光《こう》に似たものを、その可憐《かれん》な童女の歌声に感じて、私はたまらない気持であった。》

と結んだ太宰だが、津軽弁は実に音楽的な美しい抑揚を持つ言葉で、決して「聞きぐるしき鼻音」などというものではない。この手毬歌が津軽弁で謡われたとしても、それはそれで美しい光景ではありませんか、太宰先生。

歌で知られる「津軽海峡冬景色」が見たくて、2月の竜飛岬、灯台のある丘の上に立ってみた。風速40メートルを超す風に煽られて、降りしきる雪は積もる間もなく吹き飛ばされる。海峡の波頭の彼方に霞むのは、松前の白神岬か。時折、雲の切れ間から射す弱い日差しは、たちまち荒れ狂う波に砕け散る。それはまさに《点景人物の存在もゆるさない》、凄愴たる風景だった。

小動崎《こゆるぎさき》

津島県議の令弟修治氏
鎌倉で心中を図る
女は遂に絶命
修治氏も目下重態

昭和5（1930）年11月30日付「東奥日報」に、そんな見出しが躍った。太宰にとって二度目の自殺未遂事件であり、最初の心中事件である。

後の作家人生に大きな影を落とすことになるこの事件について、太宰は何度もくりかえし、小説に書いている。そのいくつかを拾い出してみよう。

《その前夜、袂《たもと》ヶ浦で心中があった。一緒に身を投げたのに、男は、帰帆の漁船に引きあげられ、命をとりとめた。けれども女のからだは、見つからぬのであった。その女のひとを捜しに半鐘をながいこと烈《はげ》しく鳴らして村の消防手どものいく艘《そう》もいく艘もつぎつぎと漁船を沖へ乗り出して行く掛声を、三人は、胸とどろかせて聞いていた。漁船のともす赤い火影《ほかげ》が、終夜、江の島の岸を彷徨《さまよ》うた。大学生も、ふたりのわかい女も、その夜は眠れなかった。あけがたになって、女の死体が袂ヶ浦の浪打際《なみうちぎわ》で発見された。短く刈りあげた髪がつやつや光って、顔は白くむくんでいた。》（道化の華）

『道化の華』の舞台となった《青松園という海浜の療養院》として登場する恵風園胃腸病院は、七里ケ浜を見下ろす丘上にある

『道化の華』では、大庭葉蔵の名を借りて、ひとり生き残った男の心情を、収容された病院を舞台にして、奇妙に明るく描き出している。

《――飛びこむよりさきにまず薬を呑んだのです。……それから、大きいひらたい岩にふたりならんで腰かけて、両脚をぶらぶらうごかしながら、静かに薬のきく時を待って居ました。私はいま、徹頭徹尾、死なねばならぬ。……やがて女は、帯をほどいて、このけしの花模様の帯は、あたしのフレンドからの借りものゆえ、ここへこうかけて置こうと、よどみなく告白しながら、その帯をきちんと畳んで、背後の樹木に垂《た》れかけ、私たちは、たいへんやわらかな、おっとりした気持ちで、おとなしく話し合い、それから、城ヶ島とおぼしきあたり、明滅する燈台《とうだい》の灯を眺《なが》めていました。……突然、くすりがきいてきて、女は、ひゅう、ひゅう、と草笛の音に似た声を発して、くるしい、くるしい、と水のようなものを吐いて、……いつしか、私にも、薬がきいて、ぬらぬら濡《ぬ》れている岩の上を踏みぬめらかし踏みすべり、まっくろぐろの四足獣、のどに赤熱《しゃくねつ》の鉄火箸《かなひばし》を、五寸も六寸も突き通され、やがて、その鬼の鉄棒は胸に到《いた》り、腹にいたり、そのころには、もはや二つの動くむくろ、黒い四足獣がゆらゆらあるいた。折りかさなって岩からてんらく、ざぶと浪《なみ》をかぶって、はじめ引き寄せ、一瞬後は、お互いぐんと相手を蹴《け》飛《と》ばし、たちまち離れて、謂《い》わば蚊よりも弱い声、『海野さあん。』》（虚構の春）

『虚構の春』では女と出会ってから鎌倉に来て海に入るまで、丹念に具体的に描写している。文庫版では削除されているが、原典ではこの後に「私の名ではなかった」と続いている。

『葉』にも短い記述があった。

《満月の宵。光っては崩れ、うねっては崩れ、逆巻き、のた打つ浪《なみ》のなかで互いに離れまいとつないだ手を苦しまぎれにおれが故意《わざ》と振り切ったとき女は忽《たちま》ち浪に呑《の》まれて、たかく名を呼んだ。俺の名ではなかった。》（葉）

ひとり生き残ったことよりも、もしかしたら彼女が最後に呼んだのが「俺の（私の）名ではなかった」ことが、太宰を深く傷つけたのかも知れない。

太宰と小動崎で心中した
田辺あつみ（田部シメ子）は18歳だった

《銀座裏のバアの女が、私を好いた。好かれる時期が、誰にだって一度ある。不潔な時期だ。私は、この女を誘って一緒に鎌倉の海へはいった。……Ｈは、自分ひとりの幸福の事しか考えていない。おまえだけが、女じゃ無いんだ。おまえは、私の苦しみを知ってくれなかったから、こういう報いを受けるのだ。ざまを見ろ。私には、すべての肉親と離れてしまった事が一ばん、つらかった。Ｈとの事で、母にも、兄にも、叔母にも呆《あき》れられてしまったという自覚が、私の投身の最も直接な一因であった。》（東京八景）

『東京八景』では、心中は婚約者の小山初代への当てつけであったとばかりの、なんだか情けない弁明をしている。

舞台になった小動崎《こゆるぎさき》は、七里ヶ浜の西端、江の島が目の前に見える小さな岬で、切り立った崖の上には小動神社がある。崖下の岩場はなかなか荒々しく、西日の影に隠れると禍々《まがまが》しい風景となる。夕暮れ、その海岸に、どこから流れ着いた花束が、暗い海の波に洗われていた。

七里ケ浜から望む小動崎の夕暮れ

津軽富士八景

私はこの旅行で、さまざまの方面からこの津軽富士を眺めたが、弘前から見るといかにも重くどっしりして、岩木山はやはり弘前のものかも知れないと思う一方、また津軽平野の金木、五所川原、木造あたりから眺めた岩木山の端正で華奢《きやしや》な姿も忘れられなかった。西海岸から見た山容は、まるで駄目である。崩れてしまって、もはや美人の面影は無い。岩木山の美しく見える土地には、米もよくみのり、美人も多いという伝説もあるそうだが、米のほうはともかく、この北津軽地方は、こんなにお山が綺麗《きれい》に見えながら、美人のほうは、どうも、心細いように、私には見受けられたが、これは或《ある》いは私の観察の浅薄なせいかも知れない。

弘前市内から望む冬の山頂
標高は 1625m とさほど高くはないが、
堂々たる威容である

津軽富士八景

弘前市内を流れる岩木川から、
夕暮れの岩木山を望む

　あれは春の夕暮だったと記憶しているが、弘前高等学校の文科生だった私は、ひとりで弘前城を訪れ、お城の広場の一隅に立って、岩木山を眺望《ちょうぼう》したとき、ふと脚下に、夢の町がひっそりと展開しているのに気がつき、ぞっとした事がある。私はそれまで、この弘前城を、弘前のまちのはずれに孤立しているものだとばかり思っていたのだ。けれども、見よ、お城のすぐ下に、私のいままで見た事もない古雅な町が、何百年も昔のままの姿で小さい軒を並べ、息をひそめてひっそりうずくまっていたのだ。ああ、こんなところにも町があった。年少の私は夢を見るような気持で思わず深い溜息《ためいき》をもらしたのである。万葉集などによく出て来る「隠沼《こもりぬ》」というような感じである。私は、なぜだか、その時、弘前を、津軽を、理解したような気がした。

津軽富士八景

「や！　富士。いいなあ」と私は叫んだ。富士ではなかった。津軽富士と呼ばれている一千六百二十五メートルの岩木山が、満目の水田の尽きるところに、ふわりと浮んでいる。実際、軽く浮んでいる感じなのである。したたるほど真蒼《まつさお》で、富士山よりもっと女らしく、十二単衣《ひとえ》の裾を、銀杏《いちょう》の葉をさかさに立てたようにぱらりとひらいて左右の均斉も正しく、静かに青空に浮んでいる。決して高い山ではないが、けれども、なかなか、透きとおるくらいに嬋娟《せんけん》たる美女ではある。

金木より、田植えの頃
この時期、広い平野が一面の水鏡になる

大川の土手の陰に、
林檎畑があって、
白い粉っぽい花が満開である。
私は林檎の花を見ると、
おしろいの匂いを感ずる。

津軽富士八景

弘前近郊のリンゴ畑の摘花作業
富士には月見草、
津軽富士にはリンゴの花が
よく似合う

弘前近郊より、冬の岩木山　なだらかな丘は、春を待つリンゴ畑

津軽富士八景

《自惚《うぬぼ》れちゃいけないぜ。岩木山が素晴らしく見えるのは、岩木山の周囲に高い山が無いからだ。他の国に行ってみろ。あれくらいの山は、ざらにあら。周囲に高い山がないから、あんなに有難《ありがた》く見えるんだ。自惚れちゃいけないぜ》

　津軽出身の小説の名手、葛西善蔵のそんな言葉を、太宰は『津軽』で引いている。

　津軽富士・岩木山をいろんな角度から見た。金木辺りまで離れて、遠くに望む岩木は、太宰が書いた通り《ふわりと浮んでいる》ように見え、柔らかな、女性的な印象だ。五所川原から弘前へと、山に近づくにつれ、その印象は刻々と変わってくる。山襞の起伏が鮮明になり、視界いっぱいにのしかかるような、重みを伴ってくるのだ。

五所川原の乾橋より、春の岩木山

鰺ヶ沢より望む“裏岩木” 太宰は形が崩れるというが、こちらもなかなか美しい

太宰が『富嶽百景』を書いた背景には、生まれてからずっと毎日眺め続けてきた岩木山の存在があったにちがいない。御坂峠で富士山と《へたばるほど対談した》のと同じように、きっと毎日、無意識のうちに岩木山と対談していたのだろう。

それは「動かざるもの」の象徴であり、どんなに逆らおうとしても微動だにしない、重い存在でありながら、捨て去ることの出来ない、心の奥底にどっしりと根を下ろした風景であったのだろう。

同時にこの山は、日々刻々、同じ表情をしていることはない。季節によって、天候によって、時間によって、千変万化しながら、それでいていつも同じ重さでデーンと鎮座する山。それが、太宰の故郷の原風景だった。

市浦より、夏の岩木山遠望

富嶽百景と甲府時代

ここに紹介したのは、太宰が《風呂屋のペンキ画》と評した、御坂峠からの富士山の夕景。井伏鱒二に誘われた太宰は、昭和13（1938）年の9月から翌年の1月まで、御坂峠の天下茶屋（左）に腰を据え、富士山と《へたばるほど対談》しながら執筆を続けた。

前年に谷川温泉での心中未遂の末、初代と離別した太宰は、心機一転、富士山の麓で再スタートを遂げる。

「お客さん！　起きて見よ！」
かん高い声で或《あ》る朝、茶店の外で、
娘さんが絶叫したので、
私は、しぶしぶ起きて、廊下へ出て見た。
娘さんは、興奮して頬をまっかにしていた。
だまって空を指さした。見ると、雪。
はっと思った。
富士に雪が降ったのだ。
山頂が、まっしろに、光りかがやいていた。
御坂の富士も、ばかにできないぞと思った。
（富嶽百景）

《私は、その三十歳の初夏、はじめて本気に、文筆生活を志願した。思えば、晩《おそ》い志願であった。》（東京八景）とは、この年のこと。翌年には石原美知子と結婚し、甲府に移住。戦火が激しくなりつつあったこの時代に対抗するように、太宰は『女生徒』や『走れメロス』など明るい作品を発表するようになる。『富嶽百景』はそんな時代に書かれた作品、太宰治の代表作である。

十国峠から見た富士だけは、高かった。
あれは、よかった。
はじめ、雲のために、いただきが見えず、
私は、その裾の勾配《こうばい》から判断して、
たぶん、あそこあたりが、いただきであろうと、
雲の一点にしるしをつけて、そのうちに、
雲が切れて、見ると、ちがった。
私が、あらかじめ印を
つけて置いたところより、
その倍も高いところに、
青い頂きが、すっと見えた。

この峠は、甲府から東海道に出る鎌倉往還の衝に当っていて、北面富士の代表観望台であると言われ、ここから見た富士は、むかしから富士三景の一つにかぞえられているのだそうであるが、私は、あまり好かなかった。好かないばかりか、軽蔑《けいべつ》さえした。あまりに、おあつらいむきの富士である。まんなかに富士があって、その下に河口湖が白く寒々とひろがり、近景の山々がその両袖《りょうそで》にひっそり蹲《うずくま》って湖を抱きかかえるようにしている。私は、ひとめ見て、狼狽《ろうばい》し、顔を赤らめた。これは、まるで、風呂《ふろ》屋のペンキ画だ。芝居の書割《かきわり》だ。どうにも註文どおりの景色で、私は、恥ずかしくてならなかった。

おそろしく、明るい月夜だった。富士が、よかった。月光を受けて、青く透きとおるようで、私は、狐《きつね》に化かされているような気がした。富士が、したたるように青いのだ。燐《りん》が燃えているような感じだった。鬼火。狐火。ほたる。すすき。葛《くず》の葉。

【右頁上】十国峠より　ここから眺める富士は、確かに高い
【右頁下】御坂峠より　太宰が「風呂屋のペンキ画」と酷評した風景
【上】山中湖、月明かりの富士　満月の夜、湖面には見事な逆さ富士が映った
【右】武蔵野からの富士　冬の天気の良い日はよく見える
※引用は全て『富嶽百景』より

東京の、アパートの窓から見る富士は、くるしい。冬には、はっきり、よく見える。小さい、真白い三角が、地平線にちょこんと出ていて、それが富士だ。なんのことはない、クリスマスの飾り菓子である。しかも左のほうに、肩が傾いて心細く、船尾のほうからだんだん沈没しかけてゆく軍艦の姿に似ている。

まず、甲府の安宿に一泊して、
そのあくる朝、
安宿の廊下の汚い欄干によりかかり、
富士を見ると、
甲府の富士は、
山々のうしろから、
三分の一ほど顔を出している。
酸漿《ほおずき》に似ていた。（富嶽百景）

【右頁】甲府盆地越しに望む富士　愛宕山公園より
【左上】甲府の新居の前にある御崎神社
きっと太宰も散歩したことだろう
【下右】新居のすぐ近くにある銭湯「喜久の湯温泉」
太宰夫婦もよく利用していた
【下左】新居を構える前に、一時下宿していた
寿館のあった朝日町の路地

昭和14（1939）年1月、石原美知子と結婚した太宰は、甲府の御崎町（現・朝日五丁目）に新居を構えた。甲府での生活は、この年の9月までと短かったが、後に疎開生活を送るなど、

太宰にとってなじみ深い町であり、また作品中にもしばしば登場させている。《よく人は、甲府を、「擂鉢《すりばち》の底」と評しているが、当っていない。甲府は、もっとハイカラである。シルクハットを倒《さか》さまにして、その帽子の底に、小さい小さい旗を立てた、それが甲府だと思えば、間違いない。きれいに文化の、しみとおっているまちである。》（新樹の言葉）

太宰の旧居跡には、今ではプレートが残るのみ。結婚前の一時期を過ごした寿館もすぐ近くだが、今は跡形もない。しかし、旧居周辺にはよく太宰も入った銭湯「喜久の湯温泉」や、散歩したであろう御崎神社、また利用したであろう古い酒屋などもあるので、太宰の面影を探しながら裏路地を歩くのは楽しい。

山梨県立文学館には、太宰はじめ山梨縁《ゆかり》の作家たちの貴重な資料が展示されているので、ぜひ立ち寄りたい。

滅びの風景 三

Column:at Kamakura

鎌倉《かまくら》

最初に死に場所を探した江の島の海岸

日蓮上人辻説法の碑

三度目の自殺未遂は、昭和10（1935）年の春まだ浅い3月、鎌倉、鶴岡八幡宮の裏山だった。『狂言の神』に記された、その経緯を追いながら、足跡を辿ってみよう。

《風《ふう》がわりの作家、笠井一の縊死《いし》は、やよいなかば、三面記事の片隅《かたすみ》に咲いていた。色様様《いろさまざま》の推察が捲《ま》き起ったのだけれども、そのことごとくが、はずれていた。誰も知らない。みやこ新聞社の就職試験に落第したから、死んだのである。》

大学卒業のめども立たず、就職に失敗したことが、その動機として語られている。そして江の島に向う。

《停車場の待合室に傘を捨て、駅の案内所で、江の島へ行くには？と聞いたのであるが、聞いてしまってから、ああ、やっぱり死ぬるところは江の島ときめていたのだな、と素直に首肯《うなず》き、少し静かな心地《ここち》になって、駅員の教えて呉れたとおりの汽車に乗った。》

しかし江の島は人が多く、《荒れている灰色の海をちらと見ただけで、あきらめ》て江ノ電に乗る。

《今夜、死ぬのだ。それまでの数時間を、私は幸福に使いたかった。ごっとん、ごっとん、のろすぎる電車にゆられながら、暗鬱《あんうつ》でもない、荒涼でもない、孤独の極でもない、智慧《ちえ》の果でもない、狂乱でもない、阿呆感《あほうかん》でもない、号泣でもない、悶悶《もんもん》でもない、厳粛でもない、恐怖でもない、刑罰でもない、憤怒《ふんぬ》でもない、諦観《ていかん》でもない、秋涼でもない、平和でもない、後悔でもない、沈思でもない、打算でもない、愛でもない、救いでもない、言葉でもってそんなに派手に誇示できる感情の看板は、ひとつも持ち合せていなかった。》

五年前（小説中では「七年まえ」になっている）の心中事件の現場を横目で見

ながら、鎌倉に降り立ち、二階堂の深田久弥の家を訪ねて象戯《しょうぎ》を二局指した。去り際に深田宅の庭の桃の木を見て、《その満開の一枝に寒くぶらんとぶらさがっている縄きれを見つめていた。あの縄をポケットに仕舞って行こうか》などと思案しながら、そのあたりを彷徨い、その後、日蓮上人辻説法の跡塚を見て、駅の方に戻ったようだ。

同じ季節の昼下がり、鎌倉駅から二階堂、そして八幡宮のあたりを歩いてみた。風はまだ少し冷たかったが、死に向かう道を辿るには、ちょっと天気がよすぎる日だった。

日蓮上人辻説法の塚のあるあたりは閑静な住宅街で、遅咲きの梅や沈丁花の香が風に乗って鼻先をくすぐる。弥生3月春うらら……裏道に入って、お寺にお参りしたり、木漏れ日の光る滑川の橋をわたったりしていると、ほのぼのとした気分になってきて、とても太宰の気持には近づけそうにない。その日、太宰には、こんな景色は見えていなかったのだろうか？

鶴岡八幡宮の石段

《私は鎌倉駅まえの花やかな街道の入口まで来て、くるりと廻れ右して、たったいま、とおって来たばかりの小暗《おぐら》き路をのそのそ歩いた。駅の附近のバアのラジオは私を追いかけるようにして、いまは八時に五分まえである。……私は道のつづきのように路傍の雑木林へはいっていった。ゆるい勾配《こうばい》の、小高い岡になっていて、風は、いまだにおさまらず、さっさつと雑木の枝を鳴らして、少なからず寒く思った。》

その雑木林がどこだったのか、特定は出来ないが、たぶん鶴岡八幡宮周辺の山の中だろう。そこで縊死を試みたが、この時もまた、死にきれなかった。

《私のすぐうしろ、さらさらとたしかに人の気配がした。私はちっともこわがらず、しばらくは、ただ煙草にふけり、それからゆっくりうしろを振りかえって見たのであるが、小さい鳥居が月光を浴びて象牙《ぞうげ》のように白く浮んでいるだけで、ほかには、小鳥の影ひとつなかった。ああ、わかった。いまのあのけはいは、おそらく、死神の逃げて行った足音にちがいない。》

二階堂の裏山　太宰がふらふらと迷い込んだのはこのあたりか

津軽平野

金木の生家では、気疲れがする。
また、私は後で、こうして書くからいけないのだ。
肉親を書いて、そうしてその原稿を売らなければ
生きて行けないという悪い宿業《しゅくごう》を背負っている男は、
神様から、そのふるさとを取りあげられる。
所詮《しょせん》、私は、東京のあばらやで仮寝して、
生家のなつかしい夢を見て慕い、
あちこちうろつき、そうして死ぬのかも知れない。

津軽平野、田毎の夕日

金木《かなぎ》

《金木の生家に着いて、まず仏間へ行き、嫂《あによめ》がついて来て仏間の扉を一ぱいに開いてくれて、私は仏壇の中の父母の写真をしばらく眺《なが》め、ていねいにお辞儀をした。それから、常居《じょい》という家族の居間にさがって、改めて嫂に挨拶《あいさつ》した。》

竜飛から蟹田に帰ってきた太宰は、N君の家に滞在した後、ひとり、故郷の金木に帰ってきた。

太宰の生家、現在「斜陽館」と呼ばれている屋敷は、父・津島源右衛門が明治40（1907）年に建てたもので、六百八十坪の敷地に、一階十一室、二階八室という、和洋折衷の大邸宅。戦後、津島家がこの家を手放した後は、旅館として営業し、現在は市営の記念館になって公開されている。

見学の順路に沿って、館内を回ってみよう。まず驚かされるのは、その外観。屋敷をぐるりと囲む煉瓦塀の高さは4メートルにも達する。家そのものが大きいから遠目にはそれほどにも感じられないのだが、間近に立つと圧倒される。まるで工場か、監獄みたいだ。

玄関を入ると、間口二間半、奥行き十二間の広い通り土間があって、その左手、欅板の美しい上り框《かまち》の上に、少しゆがみの残ったガラス障子を隔てて、十五畳の座敷、茶の間、常居が連なる。

一番奥の板の間の、磨き込まれた床板は、鏡のように隣の蔵の白壁を映している。回れ右して板の間に上がると、敷居で一段高くなったところが、家族の居間である常居。さらに一段高くなって、主人と長男だけが入ることが許されたという茶の間、さらに座敷と、二階への階段が見渡せる。

常居の右側の小間は、叔母きゑの居室で、太宰が生まれた時には産室に充てられていたという。そのせいか、太宰はずっと、自分は叔母の子だと思い込んでいたらしい。小間といっても十畳はあって、こぢんまりして見えるのは、他の部屋との比較の問題だ。

小間の右側、奥へと続く廊下には、

斜陽館の煉瓦塀
塀の高さは4mもあり、
重々しい門は監獄を連想させる

太宰の生家「斜陽館」の板の間
一段高い常居、
さらに一段高い茶の間と続く

叔母きゑの居室だった小間
太宰はこの部屋で生まれた

欅とアオダモの板を使っており、これもピカピカに磨き上げられている。木造の古い家に住んだ経験のある方なら、この輝きを維持するための雑巾掛けがどれくらい大変か、察しがつこう。

　小間の奥、常居の隣が十五畳の座敷で、その奥、玄関脇の十五畳の座敷の隣が仏間。金色に輝く仏壇は、京都で特注したもの。茶の間と仏間と、奥のふたつの座敷の間の襖を取り払うと、六十畳以上の広大な空間が生まれる。

仏間の仏壇　京都の仏具屋に特注で作らせたもの
津島家は浄土真宗大谷派の檀家で、
菩提寺の南臺寺は斜陽館のすぐ近くにある

　さらにその奥に太宰が勉強したという小さな和室や、銀行の執務室として使っていたというカウンターのある部屋があって……これだけでもものすごい規模なのだが、その上、二階には、洋室、和室が計八部屋。とても個人の家の規模ではない。

《この父は、ひどく大きい家を建てた。風情《ふぜい》も何も無い、ただ大きいのである。間数《まかず》が三十ちかくもあるであろう。それも十畳二十畳という部屋が多い。おそろしく頑丈《がんじょう》なつくりの家ではあるが、しかし、何の趣きも無い。》(苦悩の年鑑)

　と、太宰自身、このばかでかい家に少々辟易していたようだ。左翼運動に傾倒していた太宰にとって、この大屋敷こそ、搾取する者の象徴であり、否定し、嫌悪すべき存在であったはずだ。と同時に、若い頃から贅沢三昧の生活をさせてくれた、庇護者の象徴でもあり、この家なくして、放蕩など許されるべくもなかった。その矛盾を抱えた煩悶こそが、作家・太宰治の原体験であった、と言われるが、実際にこの家

斜陽館
〒037-0202　青森県五所川原市金木町朝日山 412-1
TEL : 0173-53-2020
入館料：一般 600 円　休館日：12 月 29 日

【右】旅館として営業していた頃の斜陽館の二階の洋間　天井は建築当時のままの形を、今も残している
【左】文庫蔵前の階段　太宰はここでご飯を食べるのが好きだったと、タケが回想している

を見、常居の囲炉裏脇に座ってみると、頭上に常にのしかかっていた「家」というものの存在の重さを実感できる。

　板の間に戻って、土間伝いに左に進むと、現在は津島家や太宰関連の資料を展示している文庫蔵がある。

《……お前の家に奉公に行った時には、お前は、ぱたぱた歩いてはころび、ぱたぱた歩いてはころび、まだよく歩けなくて、ごはんの時には茶碗《ちゃわん》を持ってあちこち歩きまわって、庫《くら》の石段の下でごはんを食べるのが一ばん好きで、たけに昔噺《むがしこ》語らせて、たけの顔をとっくと見ながら一匙《ひとさじ》ずつ養わせて、手かずもかかったが、愛《め》ごくてのう……》

『津軽』のクライマックスで、タケが語った「庫の石段」とは、この文庫蔵のこと。

　この家にまつわる話はいろいろあるが、家族の話で印象深いのが、『帰去来』『故郷』に描かれた、危篤の母を見舞う場面だ。『津軽』取材旅行の三年前、長女・園子が生まれた直後に、太宰は単身、母を見舞っている。この

新座敷の洋間
ゆがみの残るガラス窓は当時のまま

時は未だ義絶も解けておらず、長兄の留守の間にこっそりと訪ねた様子を『帰去来』に描いている。

《十年振りで帰っても、私は、ふるさとの風物をちらと見ただけであった。ふたたびゆっくり、見る折があろうか。母に、もしもの事があった時、私は、ふたたび故郷を見るだろうが、それはまた、つらい話だ。》(帰去来)

その翌年、母の危篤を知らされた太宰は、初めて妻子を伴って帰省した。

《母は離れの十畳間に寝ていた。大きいベッドの上に、枯れた草のようにやつれて寝ていた。けれども意識は、ハッキリしていた。

「よく来た」と言った。》(故郷)

この「離れ」は、長兄・文治夫婦のための居室として建てられ、「新座敷」と呼ばれていた。元々は文庫蔵へ続く土間から渡り廊下でつながっていたが、後に切り離して100メートルほど「曳き家移転」している。太宰が疎開した際、住んでいたことでも知られるところだ。現在は、斜陽館からひと区画離れた場所で「太宰治疎開の家」として、希望者には公開している。

母の見舞いの場面に戻ろう。

《「がんばって。園子の大きくなるところを見てくれなくちゃ駄目ですよ」

私はてれくさいのを怺《こら》えてそう言った。

突然、親戚のおばあさんが私の手をとって母の手と握り合わさせた。私は片手ばかりでなく、両方の手で母の冷い手を包んであたためてやった。親戚《しんせき》のおばあさんは、母の掛蒲団に顔を押しつけて泣いた。叔母も、タカさん(次兄の嫂の名)も泣き出した。私は口を曲げて、こらえた。しばらく、そうしていたが、どうにも我慢出来ず、そっと母の傍から離れて廊下に出た。廊下を歩いて洋室へ行った。洋室は寒く、がらんとしていた。……私は洋室をぐるぐると歩きまわり、いま涙を流したらウソだ、いま泣いたらウソだぞ、と自分に言い聞かせて泣くまい泣くまいと努力した。こっそり洋室にのがれて来て、ひとりで泣いて、あっぱれ母親思いの心やさしい息子さん。キザだ。思わせぶりたっぷりじゃないか。そんな安っぽい映画があったぞ。三十四歳にもなって、なんだい、心やさしい修治さんか。甘ったれた芝居はやめろ。いまさら孝行息子でもあるまい。わがまま勝手の検束をやらかしてさ。よせやいだ。泣いたらウソだ。涙はウソだ、と心の中で言いながら懐手《ふところで》して部屋をぐるぐる歩きまわっているのだが、いまにも、嗚咽《おえつ》が出そうになるのだ。私は実に閉口した。煙草《たばこ》を吸ったり、鼻をかんだり、さまざま工夫して頑張って、とうとう私は一滴の涙も眼の外にこぼれ落さなかった。》（故郷）

　これほどまでに赤裸々に、太宰が母を、家族を語った場面はほかにない。太宰が嗚咽を飲み込んだ、その部屋が見たかった。「太宰治疎開の家」を管理する白川公視《ひろし》さんによると、津島家が手放して以来、この洋間はしばらく物置として使われていたそうで、今も床はむき出しの板の間になっている。しかし、《下手な木彫が一つぽつんと置かれて》いたマントルピースや、窓際の造り付けのソファは、当時のまま、残されていた。

　洋間の脇のサンルームは、寄木の板が敷き詰められたフローリングで、ぽかぽかと明るく暖かく、太宰はここに文机を据えて執筆したこともあったという。

　斜陽館には修治少年の思い出が宿っているが、作家・太宰治のにおいは、この新座敷にこそ、強く漂っている。ここに来て、やっと生身の太宰治に会えたような気がした。

新座敷のサンルーム
太宰はここに机を出して、執筆することもあった

《たけは私の教育に夢中であった。私は病身だったので、寝ながらたくさん本を読んだ。読む本がなくなればたけは村の日曜学校などから子供の本をどしどし借りて来て私に読ませた。》(思い出)

この日曜学校が開かれていたのは、津島家の菩提寺、南臺寺《なんだいじ》だ。

《「お墓」と誰か、低く言った。それだけで皆に了解出来た。四人は黙って、まっすぐにお寺へ行った。そうして、父の墓を拝んだ。墓の傍の栗《くり》の大木は、昔のままだった。》(帰去来)

南臺寺は斜陽館から5分ほどのところにあって、太宰が書いた「栗の大木」は今も健在だ。しかし、有名なのは、地獄絵で知られる雲祥寺《うんしょうじ》の方だ。

《たけは又、私に道徳を教えた。お寺

【上】雲祥寺の地獄絵より、針山地獄、血の池地獄の場面
【下右】「思い出」で地獄絵や後生車の登場する雲祥寺
【下左】賽の河原の後生車　同様のものが雲祥寺にもある

【上】賽の河原のお地蔵様　衣裳をまとい目鼻が描かれている
【右下】津島家の菩提寺、南臺寺　大きな栗の木は今も健在

へ屡々《しばしば》連れて行って、地獄極楽の御絵掛地を見せて説明した。》（思い出）

その地獄絵は、雲祥寺の本堂に七幅、壁いっぱいに展示されている。後生《ごしょ》車《ぐるま》の話も、雲祥寺が舞台だ。

《卒堵婆には、満月ほどの大きさで車のような黒い鉄の輪のついているのがあって、その輪をからから廻して、やがて、そのまま止ってじっと動かないならその廻した人は極楽へ行き、一旦《いったん》とまりそうになってから、又からんと逆に廻れば地獄へ落ちる、とたけは言った。》（思い出）

こうした津軽地方の民俗信仰の総本山とも言うべき「川倉賽の河原地蔵尊」が、芦野公園のすぐそばにある。現在でもイタコの口寄せが行なわれ、多くの信者をもつこの寺を、太宰は

『津軽』にも『思い出』にも登場させていないが、高等小学校時代の綴り方で金木の名所として紹介している。

芦野湖畔の丘に登ると、参道の両側に無数の地蔵が並び、供えられた毒々しい造花の傍で、水子供養の風車が、風もないのにカラカラと回る。津軽のお地蔵様はみな、前掛けだけでなく、色とりどりの着物をまとい、白く塗られた顔には、くっきりと目鼻が描かれている。そんなお地蔵様が密集する本堂内には、信者の遺品があふれ、未婚の男女の霊を祀る人形堂には遺影に添えて花嫁、花婿の人形が無数に並ぶ。

大人になった太宰は敢えて目をそらそうとしているが、その強い霊力は、幼少時代から彼の体にしっかりと根を下ろしていたに違いない。

【右頁】鹿の子滝　鹿の子川溜池の上流にある
【左頁】藤の滝　二筋に割れて落ちる滝は
『魚服記』のモデルといわれている

金木

金木に着いた翌日、太宰は親戚と連れ立って、郊外の高流山《たかながれやま》に出かけている。その同じ道をたどってみた。《津軽では、梅、桃、桜、林檎《りんご》、梨《なし》、すもも、一度にこの頃、花が咲くのである》と書いた太宰の言葉に期待していたのだが、そううまくはゆかず、梅、桜はすでに終わっていた。とはいえ、地元の人が「田打ち桜」と呼ぶ里桜がどこに行っても満開で、林檎もまたちょうど花盛り。《津軽の旅行は、五、六月に限る》――納得。

太宰は戯曲『春の枯葉』のなかで、登場人物にこんなふうに語らせている。

《「……もう、すっかり春だ。津軽の春は、ドカンと一時《いっとき》にやって来るね」

「……ほんとうに。ホップ、ステップ、エンド、ジャンプなんて飛び方でなくて、ほんのワンステップで、からりと春になってしまうのねえ」》（春の枯葉）

冬のモノトーンの世界からは想像もつかぬ、からりと春になった津軽路は、明るく、まぶしく、すがすがしい。

太宰らが途中で立ち寄った「修練農場」は、現在、弘前大学金木農場として、学生たちの実習の場となっている。太宰はここから見た岩木山を《嬋娟たる美女》と評している（73頁参照）が、この日は残念ながら春霞、十二単の美女は紗の帳《とばり》の奥に籠って、ぼやけた姿しか拝めなかった。振り返ると、このあたりから、『魚服記』に出てきた馬禿山の白い地肌が見え隠れする。

緩やかな丘の道を登ってゆくと、なんとなくここがピークかというくらい、ぼんやりとした峠についた。

《「これが頂上か」私はちょっと気抜けして、アヤに尋ねた。

「はい、そうです」

「なあんだ」とは言ったものの、眼前に展開している春の津軽平野の風景には、うっとりしてしまった。岩木川が

馬禿山　角度にもよるのだろうが、地名の由来の「走っている馬」にはとうてい、見えない

細い銀線みたいに、キラキラ光って見える。その銀線の尽きるあたりに、古代の鏡のように鈍《にぶ》く光っているのは、田光沼《たっぴ》であろうか。さらにその遠方に模糊《もこ》と煙るが如《ごと》く白くひろがっているのは、十三湖らしい。》

　何をこしらえているのか、現在、高流山の頂上は造成中で、ダンプとショベルカーが行き交って、そんな風景は望むべくもなかったのが残念。まさか、《僕だったら、ここへお城を築いて》と漏らした太宰の言葉を実現しようとしているわけではあるまいに……。

《翌《あく》る日は前日の一行に、兄夫婦も加わって、金木の東南方一里半くらいの、鹿《か》の子《こ》川《がわ》溜池《ためいけ》というところへ出かけた。》

　鹿の子川溜池は、金木の東の山中、金木川の支流にある。ちょうど山菜採りに来ていた地元の人が語る。

「ここは水がいいから山菜もうまいんです。沢に沿って歩いていると、水の流れが人のささやきのように聞こえます。鹿にも出会いますよ。この溜池の上の山中に『弁慶の置石』という大きな岩があるんですが、太宰はそこまで行ってないんですよ。もしその石を知っていて、小説に書いていてくれたら、ここはもっと有名になって、人もくるんだけどな……」

　鹿の子滝は、この溜池のさらに上流にかかる。落差十数メートル。水量はそれほどでもなく、滑らかな岩肌を嘗めるように、水は静かに落ちてゆくのだが、滝壺は広く深い。新緑の木立越しに滝壺を覗き込むと、急峻に落ち込むV字の谷間に吸い込まれそうだ。

　この滝への道すがら、太宰は想う。

《兄とこうして、一緒に外を歩くのも何年振りであろうか。十年ほど前、東京の郊外の或る野道を、兄はやはりこのように脊中を丸くして黙って歩いて、

旧修練農場、現弘前大学金木農場で
様々な品種の苗を植える学生たち

芦野公園に立つ太宰治文学碑
不死鳥の彫刻は、中学時代の
同級生、阿部合成の作品

それから数歩はなれて私は兄のそのうしろ姿を眺《なが》めては、ひとりでめそめそ泣きながら歩いた事があったけれど、あれ以来はじめての事かも知れない。私は兄から、あの事件に就いてまだ許されているとは思わない。一生、だめかも知れない。……この後、もう、これっきりで、ふたたび兄と一緒に外を歩く機会は、無いのかも知れないとも思った。》

一度は義絶された長兄・文治への、太宰の素直な想いが顕われた、印象深い場面だ。

金木

さて、金木にはもうひとつ、大きな滝がある。鹿の子滝のある金木川より一筋南側を流れる小田川にかかる藤の滝で、『魚服記』の舞台はこちらだと言われている。

《その村はずれを流れている川を二里ばかりさかのぼると馬禿山の裏へ出て、そこには十丈ちかくの滝がしろく落ちている。……滝壺《たきつぼ》は三方が高い絶壁で、西側の一面だけが狭くひらいて、そこから谷川が嚙《か》みつつ流れ出ていた。絶壁は滝のしぶきでいつも濡《ぬ》れていた。》（魚服記）

小田川沿いの林道を遡ってゆくと、突然、谷間に轟々と水音が響き渡る。滝口に立つ大岩に割られた二筋の水流が、落差20メートルほどの崖上から迸り、新緑を映す間もなく白く砕け散る。鹿の子滝よりも荒々しい力に満ちていた。『魚服記』の記述そのままの、濡れた絶壁の下、滝壺の岸辺には、水煙と轟音がたちこめる。おそるおそる滝壺を覗き込み、小さな鮒になって《たちまち、くるくると木の葉のように吸い込まれ》てしまった少女スワを探してみたが、泡立つ水面は魚の影さえ見せてはくれなかった。

家族や親戚に温かく迎えられ、本人も必要以上に肩肘張らず、とてもくつろいだ金木での日々は、太宰にとって、久しく忘れていた故郷の安らぎを思い出させてくれたようだ。『津軽』の旅は、家族再生の旅でもあった。

谷川岳の夕景

滅びの風景 四

Column:at Tanigawaonsen

谷川温泉

太宰は温泉が好きだった。子供の頃から浅虫温泉や大鰐温泉に家族で出かけたことが『津軽』にも書かれているが、執筆のときにも箱根や湯河原、熱海などによく出かけている。そして、四度目の自殺（心中）の場として選んだのが、群馬県の谷川温泉だった。この心中の様子は『姥捨』に詳しく書かれている。（以下、引用は『姥捨』より）

《「死のうか。一緒に死のう。神さまだってゆるして呉《く》れる」》と語りかけた相手は、「かず枝」こと妻の初代。初代は元は青森の芸妓で、修治は高校時代、彼女に惚れて、弘前から足繁く通った。そして大学時代、駆け落ち同然に東京でいっしょに暮らし始め、他

【上】太宰の最初の妻、初代
【左】心中した山の路傍に建つ「姥捨」の文学碑

の女との心中未遂などすったもんだのあげく、結婚したのだった。そんなふたりだったのに、なぜ死ななければならなかったのか？　それは太宰が入院中の、初代の姦通が原因だった。

《水上駅に到着したのは、朝の四時である。まだ、暗かった。心配していた雪もたいてい消えていて、駅のもの蔭に薄鼠《うすねずみ》いろして静かにのこっているだけで、このぶんならば山上の谷川温泉まで歩いて行けるかも知れないと思ったが、それでも大事をとって嘉七は駅前の自動車屋を叩《たた》き起した。》

　水上の駅前から見上げると、立ちはだかるような一筋の尾根が視界に入る。この尾根を登りながら、川に沿ってぐるっと回り込んだあたりに、谷川温泉はある。早朝、ふたりは谷川温泉の宿まで車で上り、まずは河原の露天風呂に入浴。昼過ぎに宿を出発している。車で上ってきた道を、水上温泉の方に向かって徒歩で下って行った。

《「あの辺かな？」と、濃い朝霧がゆっくり流れている白い山腹を顎《あご》でしゃくってみせた。

「でも、雪が深くて、のぼれないでしょう？」

「もっと下流がいいかな。水上の駅のほうには、雪がそんなになかったからね」

死ぬる場所を語り合っていた。》

　そしてここぞと決めた場所から道沿いの杉林を登り、雑木林の窪地で、睡眠薬を飲んだ。昭和12（1937）年3月のことである。

　3月の谷川温泉には、まだ雪がたくさん残っていた。ふたりが泊まった宿の跡は、今は大きな旅館になっていて、川沿いの露天風呂もすっかり様子は変わっていた。ともあれ、こんな山の中で一夜を過ごしたら、薬なんか飲まなくても、そのまま凍死しそうだ。にもかかわらず、ふたりとも生還した。

《「おい、かず枝。しっかりしろ。生きちゃった。ふたりとも、生きちゃった」苦笑しながら、かず枝の肩をゆすぶった。

　かず枝は、安楽そうに眠りこけていた。深夜の山の杉の木は、にょきにょき黙ってつっ立って、尖《とが》った針の梢《こずえ》には、冷い半月がかかっていた。なぜか、涙が出た。しくしく嗚咽《おえつ》をはじめた。おれは、まだまだ子供だ。子供が、なんでこんな苦労をしなければならぬのか。》

【上】谷川温泉から水上への道沿い
ふたりはこのあたりから杉林に入り、心中の場所を探した
【左頁】谷川温泉の朧月
心中に失敗し、目覚めた太宰の目に「冷い半月」が見えたという

西海岸

このたび私が津軽へ来て、
ぜひとも、逢ってみたいひとがいた。
私はその人を、自分の母だと思っているのだ。
三十年ちかくも逢わないでいるのだが、
私は、そのひとの顔を忘れない。
私の一生は、その人に依って
確定されたといっていいかも知れない。

小泊、権現崎の夕やけ
水平線に点々と漁り火が燃える

木造《きづくり》

《鹿の子川溜池へ遊びに行ったその翌日、私は金木を出発して五所川原に着いたのは、午前十一時頃、五所川原駅で五能線に乗りかえ、十分経《た》つか経たぬかのうちに、木造《きづくり》駅に着いた。ここは、まだ津軽平野の内である。私は、この町もちょっと見て置きたいと思っていたのだ。……ここは、私の父が生れた土地なのである。》

太宰の父・源右衛門は、明治21（1888）年に木造の松木家から金木の津島家に婿養子に入り、大いに家を発展させた。のみならず、県会議員から衆議院議員、貴族院議員まで務め、政治家としても活躍した名士である。『津軽』の中では、《この父は、私の十四の時に死んだのであるから、私はこの父の「人間」に就いては、ほとんど知らないと言わざるを得ない》として、『思い出』の一節を引用した太宰だったが、しかし、今回の旅で、金木で家族や親戚とあたたかな時間を過ごした後だけに、父の面影を探してみたくなったのかもしれない。

木造の町で、まず度肝を抜かれるのは、JR五能線の駅舎だ。亀ヶ岡石器時代遺跡出土の縄文の遮光器土偶の怪物が、二階建ての駅舎の屋根よりも高くそびえ立っている——さて、太宰が見たら、何と言うやら……。

その駅前からメインストリートを歩いてゆく。太宰が「木造警察署《もくぞう》」と誤読した警察署は、今は鉄筋コンクリートの「つがる警察署」に変身している。《木造《きづくり》は、また、コモヒの町である。コモヒというのは、》要するに、天井付の歩道とでもいうもので、《冬、雪が深く積った時に、家と家との聯絡《れんらく》に便利なように、各々《おのおの》の軒をくっつけ、長い廊下を作って置くのである》ということになる。かつて、津軽の町ではどこでも見られたというが、今ではこの町ほど長いものが残っているところはないという。折からの雨の中、学校帰りの子供たちが、皆傘をたたんでコモヒの中を歩いていた。

そんな天気だったので、『津軽』に描かれたような新緑のポプラ並木や、ここからの岩木山を望めなかったのが心残りだ。太宰が書いている「岩木山の見え方と津軽美人の関係」も検証できなかった……。

太宰が訪ねた源右衛門の実家は、現在はすでになくなっているが、その家

【右頁】歩道を覆うコモヒが連なる町並み
【上】千畳敷の奇岩の凹みに石仏が祀られていた

は斜陽館にそっくりだったという。《何の事は無い、父は金木へ来て自分の木造の生家と同じ間取りに作り直しただけの事なのだ。私には養子の父の心理が何かわかるような気がして、微笑《ほほえ》ましかった。そう思って見ると、お庭の木石の配置なども、どこやら似ている。私はそんなつまらぬ一事を発見しただけでも、死んだ父の「人間」に触れたような気がして、このMさんのお家へ立寄った甲斐《かい》があったと思った。》

遠かった父の存在が、太宰の目に、等身大に見えてきた。大人になった太宰の、家族を見つめる視点が、この旅を機にはっきりと変わったようだ。

さて、木造を後にした太宰は、再び五能線に乗って、南に向かう。このあたりの五能線は海岸線に沿って走っているので、窓からの眺望が素晴らしい。反面、ちょっと風が強くなると、線路がまともに波をかぶるので、運休することもしばしばなのだとか。「だから、私たちは〝無能線〟と呼んでるんですよ」と地元の人は笑ったが、これほどの絶景路線も稀だろう。鉄道ファンならずとも、一度は乗ってみたい路線だ。

鰺ヶ沢を過ぎ、深浦までの途中で、太宰は名勝「千畳敷」を紹介しているのだが、一通りの解説の後で、ひと言。

《……外ヶ浜北端の海浜のような異様な物凄《ものすご》さは無く、謂《い》わば全国到《いた》るところにある普通の「風景」になってしまっていて、津軽独得の佶屈《きっくつ》とでもいうような他国の者にとって特に難解の雰《ふん》囲気《いき》は無い。つまり、ひらけているのである。人の眼に、舐《な》められて、明るく馴れてしまっているのである。》

とその風土の違いを指摘することを忘れない。要するに、太宰にとってはここはもはや「津軽」ではない、ということなのだろう。

深浦《ふかうら》

深浦に着いた。

ここはかつて北前船の拠点であり、津軽藩の重要な港として栄えた町だ。今も立派な港を擁し、漁業が盛んだが、観光用のキャッチフレーズは「夕陽海岸深浦」。日本海に沈む夕陽の美しさは格別らしい。

《しずかな町だ。漁師の家の庭には、大きい立派な潜水服が、さかさに吊《つる》されて干されている。何かあきらめた、底落ちつきに落ちついている感じがする。駅からまっすぐに一本路をとおって、町のはずれに、円覚寺《えんがくじ》の仁王門がある。この寺の薬師堂は、国宝に指定せられているという。私は、それにおまいりして、もうこれで、この深浦から引上げようかと思った。完成されている町は、また旅人に、わびしい感じを与えるものだ。》

そして、19頁で紹介したように、太宰は海岸に降りて海を見つめながら、東京に残してきた家族を想い、どんどんセンチメンタルになってゆく。

この町で太宰が宿泊した秋田屋旅館が、今は「ふかうら文学館」として公開されており、二階の太宰が泊まった部屋は、当時のままに再現展示されている。面白いのは、その日に太宰が食べた夕食のメニューが、模型で推測再現されていることだ。一の膳には鮑の刺身、鯛の塩焼き、アラ汁、鯛の子とフキが載っている。二の膳には、ネマガリダケの炊き合わせ、鯛のかぶと蒸し、鮑のウロ（はらわた）の塩辛、ミズと鮑の水物。戦時下であることを考えると、とても豪華だ。生誕100年の記念に、この料理を本当に再現して食べさせるというイヴェントもあったと聞いた。太宰が『津軽』で書き残した料理は鮑のウロの塩辛で、これは円覚寺前のお店で買うことが出来る。

ふかうら文学館には、太宰の他にも大町桂月、成田千空ら深浦に縁のある作家たちも、それぞれ個室が設けられ、資料が展示されている。

町のメインストリートのつきあたり

ふかうら文学館に再現された
太宰治宿泊の間　窓から港が見える

ふかうら文学館
〒038-2324
青森県西津軽郡深浦町
大字深浦字浜町134
TEL：0173-84-1070
入館料：一般300円
休館日：毎週月曜日と年末年始

円覚寺に参詣する
観音巡礼の信者たち

に、円覚寺の赤い仁王門が見えた。坂上田村麻呂が厩戸皇子（聖徳太子）作の十一面観音を祀ったのが最初と伝わる真言宗の古刹。マイクロバスに載った観音巡礼の団体さんが、おそろいの白い法衣をまとって参詣していた。
　さて、宿の主がたまたま次兄の英治と同級生だったことから、鮑のウロで酒をご馳走された太宰は、
《塩辛は、おいしいものだった。実に、いいものだった。こうして、津軽の端まで来ても、やっぱり兄たちの力の余波のおかげをこうむっている。結局、私の自力では何一つ出来ないのだと自覚して、珍味もひとしお腹綿にしみるものがあった。要するに、私がこの津軽領の南端の港で得たものは、自分の兄たちの勢力の範囲を知ったという事だけで、私は、ぼんやりまた汽車に乗った。》
　と、深浦を発った。どうもこのあたりの太宰は、妙にひがみっぽくなっている。ひとりで旅をしていると、どんどん内に籠っていくようだ。

鰺ヶ沢《あじがさわ》

　深浦からの帰路、太宰は鰺ヶ沢に立ち寄った。太宰にとって鰺ヶ沢は「ハタハタの町」というイメージだったようで、ひとしきりハタハタの講釈を述べているが、これも季節もので、今回の取材では、残念ながら味わうことが出来なかった。
《それにしても、この町は長い。海岸に沿うた一本街で、どこ迄行っても、同じような家並が何の変化もなく、だらだらと続いているのである。……町の中心というものが無いのである。……扇のかなめがこわれて、ばらばらに、ほどけている感じだ。》
　確かに、ハタハタを逃してしまった観光客にとって、この町はとらえどころがないかも知れないが、近年では世界遺産・白神山地への玄関口として、また温泉付の大規模なリゾートホテルなどもできており、太宰の時代とはひと味違った楽しみ方が出来そうだ。
　太宰はこのあたりから見た岩木山の

"細長い町" 鰺ヶ沢の海岸

ことを《西海岸から見た山容は、まるで駄目である。崩れてしまって、もはや美人の面影は無い。岩木山の美しく見える土地には、米もよくみのり、美人も多いという伝説もあるそうだが……》と書いているが、鰺ヶ沢からの岩木山も、なかなかどうして、大した偉容である（77頁）。それに、正真正銘の津軽美人にも遭遇した。捨てたもんじゃないですよ、太宰さん！

《深浦といい鰺ヶ沢といい、これでも私の好きな友人なんかがいて、ああよく来てくれた、と言ってよろこんで迎えてくれて、あちこち案内し説明などしてくれたならば、私はまた、たわいなく、自分の直感を捨て、深浦、鰺ヶ沢こそ、津軽の粋《すい》である、と感激の筆致でもって書きかねまいものでもないのだから、実際、旅の印象記などあてにならないものである。》

そう、やっぱり太宰は一人旅が得意ではないのだ。

鰺ヶ沢近郊の林檎畑から望む岩木山

五所川原《ごしょがわら》

鰺ヶ沢を発った太宰は、五所川原まで帰ってきた。この町には、若い頃の太宰の不始末の尻拭いに奔走してくれた、恩人の中畑さんがいる。五所川原の駅に程近い路地に面してあった中畑さんの家も、今では跡形もないが、叔母きゑの嫁いだ津島歯科は、町の中央からちょっとはずれた繁華街、ハイカラ町に残っている（29頁）。太宰が《金木は小石川であり、五所川原は浅草》と書いたように、五所川原はこのあたり随一の都市であり、ハイカラ町あたりの飲屋街は、今もなかなか盛況だ。

太宰は中畑さんのひとり娘のけいちゃんと連れ立って、乾橋に散歩する。

《私は片手で欄干を撫《な》でながらゆっくり橋を渡って行った。いい景色だ。東京近郊の川では、荒川放水路が一ばん似ている。河原一面の緑の草から陽炎《かげろう》がのぼって、何だか眼がくるめくようだ。そうして岩木川が、両岸のその緑の草を舐《な》めながら、白く光って流れている。》

その夜はハイカラ町の叔母の家に泊めてもらい、いよいよ旅の終幕、タケに会いに小泊へ向かう。

《「でも、逢えるかどうか」私には、それが心配であった。もちろん打合せも何もしているわけではない。小泊の越野《こしの》たけ。ただそれだけをたよりに、私はたずねて行くのである。》

二日酔いの朦朧とした頭で、太宰は五所川原駅を朝一番の汽車に乗った。

《爽《さわや》かな朝日が汽車の中に射込《さしこ》んで、私ひとりが濁って汚れて腐敗しているようで、どうにも、かなわない気持である。このような自己嫌悪《けんお》を、お酒を飲みすぎた後には必ず、おそらくは数千回、繰り返して経験しながら、未《いま》だ

五所川原

【上】五所川原の立佞武多（たちねぷた）の館
電線が増えて小さくなっていた立佞武多が、
近年、かつての高さ（21m）に復活
その威容は常時、立佞武多の館で見ることができる
【下】乾橋から見た岩木川
天気が良い日は、岩木山が望める
【左頁上】津軽鉄道津軽五所川原駅の改札口
冬にはストーブ列車が運行される
【左頁下】当時の津軽鉄道芦野公園駅の駅舎は、
現在、駅の傍で喫茶店になっている

に酒を断然廃す気持にはなれないのである。この酒飲みという弱点のゆえに、私はとかく人から軽んぜられる。世の中に、酒というものさえなかったら、私は或いは聖人にでもなれたのではなかろうか、と馬鹿《ばか》らしい事を大真面目で考えて、ぼんやり窓外の津軽平野を眺《なが》め、やがて金木を過ぎ、芦野《あしの》公園という踏切番の小屋くらいの小さい駅に着いて、……》

　この情けない述懐に、20頁に紹介した、切符をくわえて改札を通る少女の場面、『津軽』のなかでも最も美しい情景を描写してみせる。

　この場面は、文章を読んだだけでも目に浮かぶが、実際の芦野公園駅も、その想像を裏切らない、かわいい駅舎だ。といっても、現在の駅舎はそっけないものだが、当時の駅舎がホームの脇にそのまま残っていて、喫茶店「驛舎」になって営業している。

小泊《こどまり》

終点の中里で、太宰はバスに乗り換えて、小泊を目指す。

《やがて、十三湖が冷え冷えと白く目前に展開する。浅い真珠貝に水を盛ったような、気品はあるがはかない感じの湖である。波一つない。船も浮んでいない。ひっそりしていて、そうして、なかなかひろい。人に捨てられた孤独の水たまりである。流れる雲も飛ぶ鳥の影も、この湖の面には写らぬというような感じだ。》

　車窓から眺めた十三湖の描写は、長部日出雄氏が「太宰が風景を写したのではなく、風景のほうが太宰の文章の真似《まね》をしているようにおもえて来る」と評した名文。

　連休明けの十三湖は、シジミ漁の最盛期だった。岸辺から眺めると、湖水は意外と浅いらしく、漁師たちは小振りのボートを曳きながら、湖の中程まで歩いて入って行く。そして鋤簾《じょれん》と呼ばれる漁具で湖底を掘り起こしていた。

　十三湖を過ぎると、日本海の海岸に出る。太宰は《国防上たいせつな箇所になる》ので描写を避けているが、このあたりの海岸線も、なかなか迫力がある。東海岸のような断崖絶壁でなく、むしろなだらかな砂浜が続くのだが、そこに押し寄せる波濤は、半端ではない。特に冬は壮絶だ。

《すぐ右手に海が見える。冬の日本海は、どす黒く、どたりどたりと野暮《やぼ》ったく身悶《みもだ》えしている。》（母）

　そんな『母』の一節を思い出した。

　小泊の手前、脇元の海岸の2月。広い砂浜が延々と続き、日本海からの暴風を遮るものはなにもない。塊となって押し寄せる風と波を真正面から受け止めるのは、カッチョと呼ばれる風よけの板塀だけ。消波ブロックに砕け散る波の音が、いつまでも耳に残った。

　脇元を過ぎて小泊半島の峠を越えると、タケ（『津軽』では「たけ」）のいる小泊の集落に出る。小泊は古来、本州

冬の脇元海岸　カッチョと呼ばれる板塀で風を防ぐ

十三湖のシジミ漁

小泊港の岸壁の少女　漁に出る父親を送りにきた

最北の港町として栄えた町で、半島に抱かれるような湾内に築かれた港は、予想以上に大きかった。岸壁には集魚灯を鈴なりに吊るしたイカ釣り漁船がところ狭しと係留されている。スルメや干魚を売る屋台も出ていて、いいにおいが岸壁に漂っていた。

まず〈小説「津軽」の像記念館〉を訪ねた。記念館は運動場を見下ろす丘の上に立っていて、太宰とタケが並んで座る像が、その運動場を見つめている。館内には、太宰とタケにまつわる資料が展示されているのだが、見逃せないのはタケさんのインタビューを収めたビデオシアターだ。生前のタケさんの元に何度も通い、話を聞き、その姿を撮影してまとめたのは、「小泊の歴史を語る会」の会長、柳澤良知さん。

記念館で柳澤さんにお話を伺った。

「ここを訪ねてくる人たちは、太宰ファンであることはもちろんなのですが、タケさんを慕って来る人が多いんです。私自身も、太宰というよりは、入り口はタケさんでしたね」

タケは12歳のときに津島家に年季奉公に入り、5年間にわたって修治少年の子守りを務めた。20歳で小泊の越野家に嫁ぎ、11人の子を産んで、昭和58（1983）年、85歳で亡くなるまで、この町で過ごしている。太宰が訪ねたときのタケさんは、46歳。感動の場面は、24頁に紹介した。

さて、タケさんはどんな人だったんだろうか。

「ご自身が苦労人ですから、やさしくて、ユーモアがあって……いいものはいい、悪いものは悪いと、そのへんははっきり言う人だったようです」

小泊

津島家に入った当初、タケは修治少年を「修治さん」と呼んでいたが、そのうち「修ちゃ」と呼ぶようになった。「修ちゃは『んにゃ』ということがない子だった」と、タケさんは語った。「つまり嫌だと言わない子だったということで、育てやすかったそうです。本を見せておくと、いつまでもおとなしくしていたとも言ってました」

ビデオシアターでタケさんの肉声を聞いた後、柳澤さんに小泊の町中を案内していただいた。

《私は教えられたとおりに歩いて、たけの家を見つけた。間口三間くらいの小ぢんまりした金物屋である。》

その越野金物店は、すでに持ち主が変わっていたが、タケの消息を尋ねた筋向かいの煙草屋は、今も同じ場所で営業している。店まわりに「太宰がタケの行き先をたずねたたばこ店」と大々的に張り出してあるので一目瞭然。

こうした太宰の足跡は、角ごとに立てられたプレートで辿ることができる。「太宰を運動会の小屋に案内したのはタケさんの五女で、彼女に聞くと、腹痛のことも、賞品をもらったかと尋ねられたことも、『津軽』に描かれている通りだったそうです」

運動会の会場を離れて、裏山の竜神様へ向かう途中で、タケは堰を切ったように話し出した。

《「久し振りだなあ。はじめは、わからなかった。金木の津島と、うちの子供は言ったが、まさかと思った。まさか、来てくれるとは思わなかった。小屋から出てお前の顔を見ても、わからなかった。修治だ、と言われて、あれ、と思ったら、それから、口がきけなくなった。運動会も何も見えなくなった。三十年ちかく、たけはお前に逢いたくて、逢えるかな、逢えないかな、とそればかり考えて暮していたのを、こんなにちゃんと大人になって、たけを見たくて、はるばると小泊までたずねて来てくれたかと思うと、ありがたいのだか、うれしいのだか、かなしいのだか、そんな事は、どうでもいいじゃ、まあ、よく来たなあ、……》

実際にはふたりきりでなく、近所のおばさんたちもいっしょだったというが、まあ、そんなことはどうでもいい。それよりも、この感動的な場面の舞台、ふたりが訪ねた竜神様が、宅地造成で脇に押しやられ、風情も何もなくなっていたことが、とても残念だった。

《私はたけの、そのように強くて不遠慮な愛情のあらわし方に接して、ああ、私は、たけに似ているのだと思った。きょうだい中で、私ひとり、粗野で、がらっぱちのところがあるのは、この悲しい育ての親の影響だったという事に気附いた。私は、この時はじめて、私の育ちの本質をはっきり知らされた。》

小説「津軽」の像記念館
〒037-0511
青森県北津軽郡中泊町
大字小泊字砂山 1080-1
TEL：0173-64-3588
入館料：一般 200 円
休館日：10 月 1 日〜3 月 31 日までの毎週月曜日と火曜日、及び12 月 28 日〜1 月 4 日
4 月 1 日〜9 月 30 日までは無休

さて、古聖人の獲麟《かくりん》を
気取るわけでもないけれど、
聖戦下の新津軽風土記も、
作者のこの獲友の告白を以《もつ》て、
ひとまずペンをとどめて
大過ないかと思われる。
まだまだ書きたい事が、
あれこれとあったのだが、
津軽の生きている雰囲気は、
以上でだいたい
語り尽したようにも思われる。
私は虚飾を行わなかった。
読者をだましはしなかった。
さらば読者よ、
命あらばまた他日。
元気で行こう。絶望するな。
では、失敬。

滅びの風景 五

Column:at Tamagawajousui

玉川上水

昭和23（1948）年6月13日の夜半、太宰は山崎富栄とともに玉川上水に入水。太宰にとって五度目の自殺は、未遂に終わることはなかった。

死の直前の様子は、当時担当編集者だった野原一夫や野平健一の著作に詳細に書き残されている。また山崎富栄自身の日記や、後に刊行された様々な書籍や雑誌からも知ることが出来るので、ここで心中の経緯について、改めて詮索することはよそう。前四回同様に、「滅びの風景」は、太宰自身の言葉で語ってもらうことにする。

死に向う時代の小説、『斜陽』『人間失格』は言うに及ばず、『父』『母』『ヴィヨンの妻』『おさん』『家庭の幸福』そして『桜桃』『如是我聞』あるいは未完の『グッド・バイ』などで、太宰がくり返し問い続けたのは、作家にとって「家族」とは？　という問題だった。たとえば《炉辺の幸福。どうして私には、それが出来ないのだろう。とても、いたたまらない気がするのである。炉辺が、こわくてならぬのである。》（父）、《曰《いわ》く、家庭の幸福は諸悪の本《もと》。》（家庭の幸福）、《子供より親が大事、と思いたい。子供よりも、その親のほうが弱いのだ。》（桜桃）

文壇に対して喧嘩を売るような遺作『如是我聞』では、老大家たちに向けて、こんなふうに言い放つ。《家庭である。／家庭のエゴイズムである。／

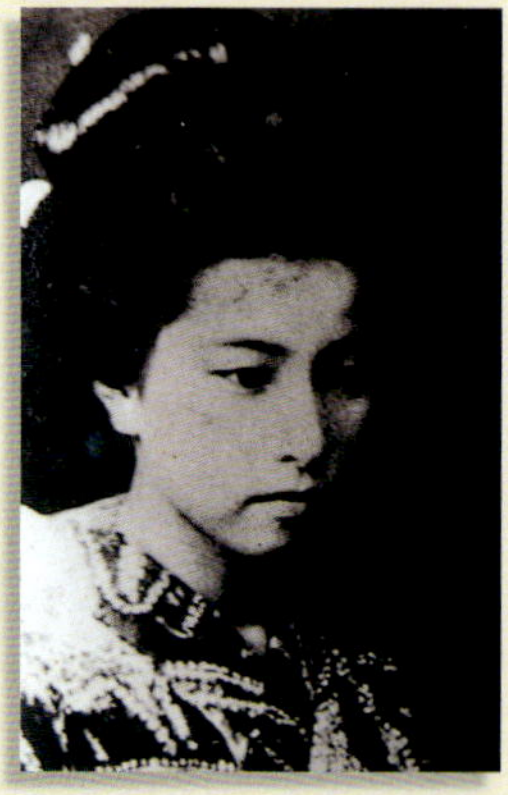

【上】太宰と心中した山崎富栄は有能な美容師だったが、太宰と知り合って以来、その身を恋に捧げ、病身の太宰の執筆活動を献身的に支えた
【右】三鷹駅の西に今も当時のままの姿で残る跨線橋　田村茂が太宰を撮影した場所として知られる
【左頁】玉川上水　現在は水量も少ないが、当時は「人食い川」と呼ばれており、雨後など狭い川幅一杯に急流が流れていたという

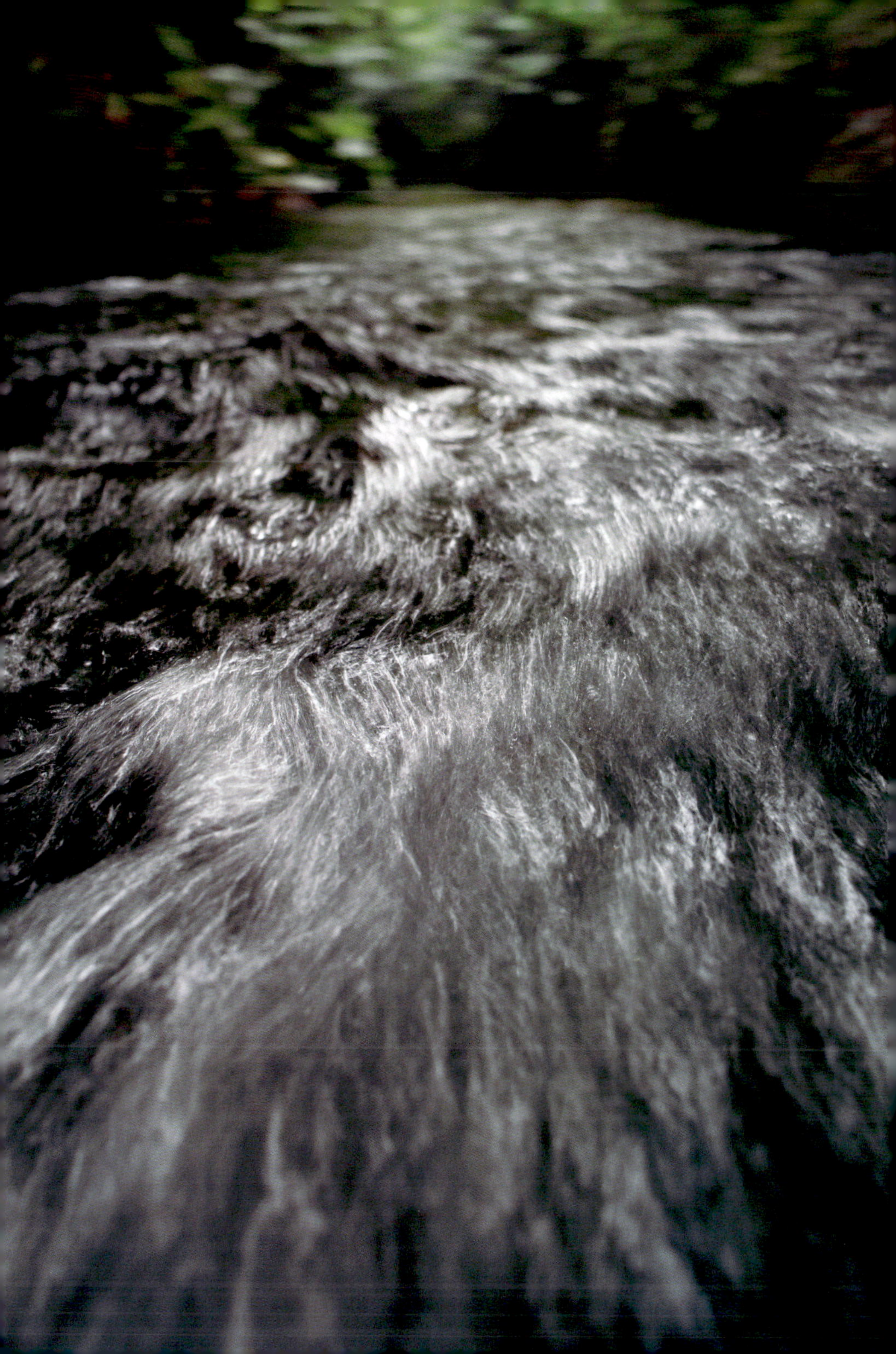

それが結局の祈りである。私は、あの者たちに、あざむかれたと思っている。ゲスな言い方をするけれども、妻子が可愛《かわい》いだけじゃねえか。》《いのちがけで事を行うのは罪なりや。そうして、手を抜いてごまかして、安楽な家庭生活を目ざしている仕事をするのは、善なりや。おまえたちは、私たちの苦悩について、少しでも考えてみてくれたことがあるだろうか。》（共に如是我聞）

平安な家庭生活を甘受しようとする者に、芸術家たる資格があるのか？　すべてを犠牲にしながら、血を吐くような思いで書き続けることこそが、作家の使命ではないのか？　太宰はそう問い続け、その生活もまた荒れていった。人はそんな太宰を「デカダンス」と称し、「無頼派」と蔑んだ。

しかし、一方で太宰は家族を愛していた。どんなに羽目を外したように見えても、心の片隅に常に家族への愛が消えることはなかった。《家庭の幸福は諸悪の本《もと》》とは、無頼に徹しようとしてしきれなかった太宰の、心の裏返しの表現ではなかったか。

禅林寺の太宰の墓　桜桃忌の日、墓前は花に溢れ、墓碑銘に桜桃が詰め込まれ、異様な風景をつくる

もし太宰が、本当の無頼漢になりきれていたら、死を選ぶ必要はなかったのかも知れない、と思う。無頼に徹するには、きっと太宰はやさしすぎたのだろう。

三鷹は、太宰が美知子と結婚した直後の昭和14（1939）年から9年間住んだ町。近年、三鷹市は「太宰治文学サロン」の設置や「三鷹太宰治マップ」を発行するなど、三鷹を「太宰の町」として、強くアピールしている。

三鷹駅を降り、線路に沿って西に歩いていくと、中央線を跨ぐ跨線橋がある。写真家・田村茂がこの場所で太宰のポートレイト（131、141頁）を撮影したことで知られる場所だ。周辺の町並みや、線路上を走る電車の姿は変わったが、跨線橋の骨組みは、たぶん当時のまま。

駅の南側には、小料理屋「千草跡」、山崎富栄の下宿「野川家跡」、仕事場として使っていた「中鉢家跡」、編集者と打ち合わせに使った屋台「うなぎ若松屋跡」など、ゆかりの場所があるが、いずれもその「跡」に小さなプレートが立っているだけ。当時の面影を探すのは、もはや難しい。

玉川上水は、三鷹の町を北西から東南に向けて斜めに横切っている。ふたりが入水したのは、駅から400メートルほど下流。むらさき橋を100メ

毎日、武蔵野の夕陽は、大きい。
ぶるぶる煮えたぎって落ちている。
（東京八景）

ートルほど遡ったあたりで、金木から持ってきたという「玉鹿石」が、特に説明もつけずにぽつんと路傍に据えられている。遺体が上がったのはここから1キロ余り下流、井の頭公園を縦断した先の、新橋の下流だと聞いた。

　太宰の旧居は現下連雀2丁目だが、今は一般の住宅地になっている。

　そして禅林寺。駅から南に約1キロにあるこの黄檗宗の寺の墓地に、森鷗外の墓と向かい合って、太宰の墓がある。毎年6月19日の桜桃忌の日には、多くのファンが墓参に詣で、花や桜桃を手向けるのだが、近年、墓碑銘の凹みに桜桃を詰め込む奇風が恒例になっているようだ。

　「無頼」についての考察は、小松健一氏の原稿に委ねることにして、最後に『人間失格』の一節を引く。「葉ちゃん」とは太宰の分身、大庭葉蔵のこと。

《「私たちの知っている葉ちゃんは、とても素直で、よく気がきいて、あれでお酒さえ飲まなければ、いいえ、飲んでも、……神様みたいないい子でした」》

「無頼」に生きたふたり

――小説家・太宰治と写真家・田村茂をめぐって

小松健一
Komatsu Kenichi

海鳴りが夜どおし障子ふるわせる
　貧しき漁村の屋根低き部屋

啄木、多喜二の火を継ぐ決意を胸にたたみ
　吹雪の津軽野面上げて行く

今、僕は龍飛岬に立っている
　偏東風《やませ》のうなり海ねこの声

（歌集『春ひそむ冬』不羈書林）

この拙い短歌は、僕が初めて太宰治の故郷、津軽を訪れた時に詠んだものだ。それは、一九八〇年の早春のことであった。青森への長期出張の折、二日間だけ休暇をもらって、十代の頃より好きだった太宰の『津軽』の地を歩いてみようと青森から津軽線で三厩まで行き、そこから龍飛行きのバスに乗り換えて向かったのである。

数年後、ある雑誌にその時の様子を次のように記している。

……三厩から龍飛までのバスは運転手と僕だけだった。まだ昼を少し過ぎたところなのに、夕方のように暗く、あたりは波が黒々とした岩にくだけ散る音が響く。灰色のトンネルの中に吸い込まれていくような記憶が残っている。

「ここは、本州の袋小路だ。読者も銘肌せよ。諸君が北に向って歩いている時、その路をどこまでも、さかのぼり、さかのぼり行けば、必ずこの外ヶ浜街道に到り、路がいよいよ狭くなり、さらにさかのぼれば、すぽりとこの鶏小舎に似た不思議な世界に落ち込み、そこに於いて、諸君の路は全く尽きるのである」と太宰が『津軽』の中に書いている言葉が実感できる。そして本当に道は、その『津軽』の

1980年早春。初めて津軽を巡り、龍飛まで辿り着く
津軽海峡からの偏東風（やませ）に抗いながら、太宰治文学碑の前で

一節が刻んである文学碑の前で尽きるのだ。

津軽海峡からの烈風をもろに受けながら荒涼とした海岸を歩いた。人生をどう生きていくのか苦悩していた。……

いまから三十年程前のことではあるが、あの青春時代の頃が走馬灯のように思い浮んでくる。

当時、僕はまだ二十六歳で、これからの自らの生き方を模索していた時期であった。

僕は、貧しい労働者の息子だ。太宰のような大地主の家に生まれたのでもなければ、秀才のお坊ちゃんでもなかったが、若い頃の状況は似ているところがあった。僕の中学、高校時代は、太宰と同じように早熟とも思えるほど「文学」へ傾倒していた。自作の短歌数百首を障子紙に墨で書き連ね、教室に張りめぐらした中学時代。高校入学と同時に文芸部へ入り、学業そっちのけで「文学」にのめり込んで行った。そして「解放」「沃土」「悠遠」など〝過激な文集〟を次々と発行しては、内容が高校生にふさわしくないと、学校当局から「発禁処分」などという弾圧を受けた。

後はお決まりのコース。先輩たちの影響もあって、当時激しく闘われていた学園民主化闘争、70年安保闘争、沖縄返還闘争、さらに地元の「八ツ場ダム」建設反対闘争などの活動に巻き込まれていった。高校では毎日生活指導の教師に呼び出され、「退学しろ」「退学しろ」と言われ続け、警察は嫌がらせに、家の前にパトカーを停めていた。親戚も近所の人たちも大変迷惑がった。親類の一人は、「精神病院に入院させろ！」とまで母親に怒鳴り込んできた。

そして彼らの思い通りに、僕は高校を中退した。

「俺がこの世の中をひっくり返してやる！」

青雲の志を抱いて上京する列車の中で、僕は思った。あまりにも非情と思えた大人や社会に対して、逆に闘志が湧いたのであった。

そんな上京から八年の歳月が過ぎていた。結婚して家庭を持ち、子どもも二人できたが、上京した時の、あの燃えるような思いはどうしてしまったのだろうか。大都会の雑踏の中に、中原中也ではないが「汚れつちまつた悲しみ」のように、心の底に澱のように、その思いは沈澱していた。

そんな時だったからかも知れないが、太宰の一見、斜に構えたような生き方、誰もがその生き方を堕落とか、退廃とか、破廉恥などと呼び、そして「無頼」と決めつけてしまっている生き方に、惹かれたのだった。中学時代から親しんできた石川啄木や宮沢賢治にしても、角度を変えて見れば、太宰に引けを取らないくらいの破天荒な生き方である。

「正論」で武装し、「常識」に身を任せた生き方をしていて、魂をゆさぶるような文学や芸術なんてできるわけがないのではないか——そんな迷いを抱く自分に、彼らの生き方がまぶしく見えた。

まして、現代の状況においては「革命」などというものは、先に組織ありきではなく、一人ひとりの自覚、とりわけそれぞれの現場にしっかりと根を張って生きている人々が立ち上がらなくて、なんで達成ができるであろうか。

太宰はあの暗黒とも言うべき時代の中で、そのことをすでに気がついていたのではなかったか。まともに正面から戦いを挑めば、小林多喜二のように虐殺される。現に、弘前高時代、帝大時代の仲間たちは、工藤永蔵をはじめ、そのほとんどが官憲に捕まり、投獄され、ひどい拷問を受けている。

太宰の真実、自己の生き方を、この狂気の時代の中で表現するには、「虚構」「狂言」「道化」になるしかないと気づいたのだろう。これ以外に時の権力や軍部をあざむきながら闘う術はないと確信したのだと思った。

ここに太宰の津軽人として、一見脆弱に見えるが、実は強靭な情《じょ》っぱりの精神を見る思いがするのだった。

朝の龍飛漁港（1980年4月）

そして僕も、カメラとペンで独りで闘っていくべきではないか。そこに己の真実を表現できる可能性があるのではないか。太宰治が生まれ育った厳しい北の風土を巡ってみることで、何か糸口が摑めるのではと思ったのである。

そんな思いを胸に、リュックサックに一台のカメラを詰めて、短い旅に出たのだった。龍飛漁港近くにあった小さな民宿に「帰りのバスが無いので泊めて下さい」と無理やり頼んだ。とにかく、泊めてもらうしかなかった。四月に入っていたが龍飛は津軽海峡からの風が強く、雪は吹き飛んで積もってはいなかったものの、霙《みぞれ》まじりの厳しい寒波に襲われていた。

六畳一間の部屋に荷物を下してから、夕暮れの漁港に行くと、「兄ちゃ、どごがら来たんぢゃ」と声をかけてくれた小父さんに「東京です」と答えると手招きし、活きているウニを割って、食べさせてくれた。僕には生まれて初めての体験であったが、口の中に入れたとたん、潮の香とほのかな甘みが広がって感動した記憶が蘇る。いまもってあの時食べたウニの旨さを越えるものには出会っていない。

その晩、北のさいはての宿の布団の中で、このまま組織の中で生きていくのか、それとも新しい道を切り開いていくのか、妻と幼な子を二人抱えて独り、悶々と悩んだのである。

その後も取材などで四度、津軽を訪れているが、漂泊の旅のように本州の行止りの龍飛岬に流れ着いた二十代のその旅が、やはり一等印象的であった。

何度目だったろうか。龍飛から山越えをして小泊に入ったことがあった。小泊はご存じ『津軽』のクライマックスで、太宰の幼年時代の子守り、「悲しい育ての親」たけと三十年ぶりの再会を果たす場所である。

太宰をして「私はこの時、生れてはじめて心の平和を体験した」と言わしめたたけは、生家、津島家に仕えた小作農の娘だった。大地主であった生家と、そこで生まれた宿命を怨みながらも、津軽で貧しくとも慎ましやかに生きるたけのような人びとを真に愛した太宰の本質を見るシーンである。

あれから半世紀は優にたっている小泊には、当時をしのぶものは何も残っていなかったが、夕方から集魚灯を煌々と灯して出漁する漁船、それに乗る夫を見送る妻子。低く旋回するうみねこ、子どもたちの遊び声、そして一夜干しのイカを炭火で焼く煙の匂いが小さな漁港に漂っていた。太宰が「母」の懐に帰ってきたような安堵感に包まれた心情が、僕にも少しは理解できた。そんな風情を本州最北端の西海岸の港、小泊はたたえていた。

その日は、十三湖を走り抜けて、金木にある太宰の生家へ泊った。当時、生家は「斜陽館」という旅館になっていたのである。

牢獄のように高く張りめぐらされた赤レンガの壁と一、二階合わせて三九四坪という広大な作りの建物は、明治、大正、昭和、平成と四つの時代の風雪に耐えてきた。津軽地方屈指の大地主、津島家の唯一の残像なのである。

だが、この残像を求めて全国から太宰ファンが訪れて来ていた。僕が泊った時も若い女性客が多かった。

遅い夕食でたまたま隣り合わせた、山口県から来た高校の先生だという人に、当時、僕がずっーと心に引っかかっていたことをぶつけてみた。「女性と心中を計ったことなどふくめて、太宰の女性観をどう思いますか」と。

まだ三十歳前と思われるその女性は「私は許せます」と僕の眼を見すえたまま答えた。少々うろたえて、「はあーそうですか」とやっと言葉をつぎ、黙って酒をあおったのだった。

床について黒光りする太い梁を見つめながら、太宰の三十九年間の短い生涯に思いを巡らしていると、母屋の裏手に出来た「斜陽館」の直営スナックからカラオケの響きとともに、東南アジアからの出稼ぎだという女性たちの笑い声が流れてきた。僕はこの時、無性に腹が立った。貧しい家族を救おうと、はるか異国の本州最果ての地まで出稼ぎに来ている娘たちにではない。訪れる度に、「観光用」へと変貌している太宰の生家、そしてこの貴重な文化遺産をきちんと残そうと考えない行政を悲しく思ったのである。

そして、その夜みた夢のことを、二十数年たったいまでも僕は、はっきりと覚えている。

それは、弘前ねぷたの夢だ。凱旋を祝う青森のねぶたとちがって、弘前ねぷたは、いわゆるハデさはない。「ラッセラーラッセラー」と祭りを盛り上げるハネトと呼ばれる踊り手もない。愛する人や妻子と別れ、戦におもむく男たちの哀しい調べにも似た大太鼓の響きが七日六晩、津軽の短い夏の夜空にこだまするだけだ。

街中をねり歩く、どの扇型の燈籠にも青白い顔で、はにかむように微笑んでいる太宰の顔が描かれている。――そんな夢であった。

そして、初めての旅から約三十年経った二〇〇九年、太宰治生誕百年の今年、太宰の歳を遥かに過ぎた僕が、また津軽を旅しようとは夢にも思わなかった。

それだけにうれしくもあり、懐かしくもあった。

実は、僕にとって太宰治はまったく縁がなかったわけではない。とりわけ太宰の肖像写真には、以前から興味があった。彼を撮った写真で知られているのは、銀座の酒場「ルパン」で林忠彦さんが撮った写真、それに三鷹の自宅近くを着物姿で散歩しているところを撮った渡辺好章さんの写真、それ以外で、いわゆる写真家が撮影したもので世に出ているのは、田村茂さんが撮った写真である。

写真家の端くれである僕でも、この人たちのことは知っている。とくに田村茂さんは、僕がプロ写真家として日本写真家協会に入会するときの推薦人であり、先生でもあった。

十代で上州の片田舎から上京してきて、右も左もわからない僕をずいぶんと可愛がってくれた。もちろん恐い程厳しい面もあったが、優しくしてもらった想い出が多い。

田村茂さんが一九四八（昭和二十三）年の二月に、三鷹で太宰を撮影した事は、幾多の写真がすでに発表されているので知ってはいたが、一体、何カットをどのように撮ったのか、また何故、太宰治を撮ったのだろうか、関心があった。田村さんが存命中にいろいろと聞いておけばよかったと思った。でも実際には二十年程の付き合いだったが、その事については終《つい》ぞ聞けなかった。また田村さんの書いた

撮影：渡辺好章　1944 年

撮影：林忠彦　1946 年 11 月 25 日

ものやインタビューなども調べてみたが、太宰については一言も述べてはいない。残念である。

林忠彦さんは生前に、「たった一発、それもたまたま出《で》会《くわ》して撮った写真が、俺の代表作とは情けねェーなあ」と苦笑しながら話してくれた。

唯一、直接的ではないが、太宰治を撮った翌年の一九四九（昭和二十四）年八月号から一九五一（昭和二十六）年八月号まで『文藝春秋』のグラビアに連載した「現代日本の百人」を、その後、あらたな撮影も加えてまとめ、一九五三（昭和二十八）年四月に刊行した写真集『現代日本の百人』の撮影後記で、田村茂さんは次のように書いている。

「もともと写真は所謂『芸術』ではない。『芸術』を乗り越えた新しい表現美である。十九世紀的な従来の美学をもってしては解釈することのできない新しい視覚である。人間の肉眼よりか遥かに精密で正確に、現実の運動を瞬間的に固定して再現するカメラの機能をかりて、歴史の一齣の決定的一瞬を表現し、伝えることこそが、写真家の使命であり、それが写真と云うものである。したがって私の描写したところに、もしリアリティがあるとすれば、それは対象の或る時代の、いやある年のある日のリアリティであり、決定的瞬間であり、その時のその人の人間像を捉えること

撮影：小松健一　1985年

「おーい、小松君、俺を撮れ」と突然、田村茂先生に呼ばれた。先生は愛用のベレー帽を被って僕の前に立った。先生のベレー帽は筋金入りで、昭和4～5年頃から銀座をベレー帽を被って闊歩したという。その日は、50ミリレンズしかなかったので、近づいてファインダーを覗いたら、眼が合った。ギョロリと睨まれた。シャッターに添えた手が震えた。いわゆる手ブレ写真だった。その後、「あの写真どうだった？」と聞かれたが、先生にはとうとう見せられなかった。田村先生が亡くなる2年前、1985年のことである。（四谷三丁目・現代写真研究所で）

田村茂

Tamura Shigeru

に成功している……」と。

普段、無口であまりしゃべらない田村さんが饒舌とも思える程、力説している。僕は、実は太宰を撮った田村さんの本音の一端がここに述べられているのではないかと思っている。しかし、残念ながらこの写真集の中に太宰の写真は収められていない。他に、評価の高かった宮本百合子などの写真もだ。田村さんは編集部とずいぶんとやりあい、一時出版もあきらめようと思ったが、スポンサー付きの仕事だったから、やむを得なかった、と後に話している。

太宰の撮影日は、昭和二十三年の二月のとある日。太宰が山崎富栄と入水自殺を計ったのが、その年の六月十三日、三月余り後である。

田村撮影の太宰は、『人間失格』の執筆に入る直前、何故か、そのどれもに暗澹たる雰囲気が漂っている。

昭和二十一年十一月二十五日に撮影した林忠彦さんの「ルパン」での太宰は、明るく健康的だ。「歓楽極まりて哀情多し」という雑誌の座談会を終えて、坂口安吾、その日、初めて会った織田作之助、編集者の巌谷大四らと飲んでいたからだろうか。妻の美知子さんも、この写真のことを「めずらしく颯爽として」「ごきげんの顔」（『回想の太宰治』）と言っている。

また昭和十九年に撮影している渡辺好章さんの写真も爽やかである。微笑さえ浮べている（太宰の長女の津島園子さんはこの写真が好きだという）。

こう見てみると、確かに田村さんが言うように対象となった太宰の或る時代の、ある年のある日のリアリティが撮影されていたのかも知れない。

この本を出版するにあたり、僕は今年の初めに、田村茂先生のご令嬢を訪ねた。朝からどしゃぶりの氷雨の日であった。

そこで、色々とお話を伺いながら、田村さんが撮った太宰の写真の密着焼きを見せてもらうことができた。現存する太宰が写っているネガは、全部で27カット。お嬢さんの話によると、貸し出したきり不明になってしまったのが1カットあったという。

僕がその密着焼きを見てまず驚いたのは、27カット（6カット切りが5枚）という少なさであった。フィルム一本分にも満たない。愛用していたライカカメラで撮ったのであろう、35ミリフィルムである。「PANCHROM」「NITRATE FILM」と記されている。当時は、僕らもかつてはそうであったが、百フィートなどの長巻の缶入りを買ってきて一本一本自分でパトローネに巻いて使っていたのだ。

密着焼きの中には、太宰が頬杖を付いた顔のクローズアップや、三鷹の跨線橋の上でマントをひるがえしている写真や玉川上水の岸辺で佇む写真など、有名な写真がずらりと並んでいた。

僕は、田村さんはその日、太宰と落ち合ってからどういう順序で撮影をしていったのかという興味がわいた。

フィルムに記されているナンバー順でいくと辻褄が合わず、番号もとんでいて合わない。それに4カットしか写っていない一枚のフィルムにはナンバーが無い。

密着焼きのコピーをもらい、僕なりに、いろいろと考察してみた。原則的に6コマずつ切ってあるので、それを一本につないでみたのである。そうすると次の様な事がわかった。

実は、この一連のフィルムの中に、一枚だけ太宰が写っていないカットがある。それはおそらく三鷹の駅付近で撮影したであろう、若い女たちが、道端に座って化粧をしているところに、子どもたちが一緒に座っているという写真である。その写真が一番最初に撮られたと思われる。その次に、太宰が玉川上水の岸辺に座り込んでいる写真が3カット。そして跨線橋へ。これが5カット。しかし、この跨線橋の写真は、2カット目で切れていて、次のコマが、あ

撮影　田村茂　1948 年 2 月

の有名な跨線橋の上での上半身の写真と続くのだが、どうもこの間に数カットの欠損した部分があるのではないかと推測される。このフィルムは6コマ中、2コマが感光されてなくて真っ黒であることも不思議で、コマ送りで不具合があったのかも知れない。

僕がこの一連のフィルムで悩んだのが、行きつけの飲み屋「千草」の写真5カットが、真ん中に挟み込まれるようにあることである。通常、撮影を終了してから一杯飲む、と思うし、僕もそうする。しかし、密着焼きを見ると、跨線橋から戻り、「千草」の女将に一杯ついでもらい、喉を潤してから、また玉川上水へと出かけている。そのとき飲んだのは、写真を見る限りでは、麦酒が三本。酒飲みとしては、太宰にも負けない田村さんと二人であることを考えると、適度に喉を湿し、一休みをして、もう一度出かけたとみていいだろう。「千草」から玉川上水は目と鼻の先だ。そこでマント姿で立っている写真を3カット。その後の駅前の踏切前の3カットにしても、古本屋での3カットにしてもみな近所だ。そして最後は、「千草」の斜め前にあった野川家の二階、山崎富栄の下宿先であり、太宰が最晩年仕事場にしていた部屋で5カット撮っている。

田村さんの太宰写真では一番有名な、頬杖した顔のクローズアップの写真はこのフィルムの中にあり、最後の写真は、真っすぐに田村さんを見つめたカメラ目線で、ややはにかんでいるような顔で終っているのである。

ところで太宰治を撮った田村茂とは、一体どんな人物なのか、少し述べておくことにしよう。

田村さんの祖父は、槍の名手の薩摩藩士で、黒田清隆とともに桜島から北海道開拓に屯田兵としてきた。その息子（友太郎と越後出身の母・キヨノ）の四男二女の次男として一九〇六（明治三十九）年札幌で生まれている。親から付けてもらった名は寅重。札幌の中学卒業後、上京し、一九二九年にオリエンタル写真学校の二期生として卒業。その後、縁あって渡辺義雄さんと銀座で東京スタジオを開設する。一九三五年のことである。以来、渡辺さんとは、何度も一緒にスタジオを共同経営してきている。

渡辺先生が東京都写真美術館の初代館長になられた時に、一度、先生の仕事場に伺い、じっくりとお話を聞いたことがあった。「僕はね。田村くんとは長い付き合いで戦友みたいなものでね。いつも彼のことを忘れたことはないよ」と昔のエピソードを語ってくれた。「それにしても君、何であんなに田村くんは女性にもてるんだ？　バーへいって

撮影　田村茂　1948 年 2 月

もいつも彼ばかりもてるんだ」と突然おっしゃったのにはびっくりしたが、やがて二人で大笑いしたものだった。

そういえば、「土門拳は写真のオニで田村茂は求道者だ」と語っていた前日本写真家協会会長の藤本四八さんは、いつも田村さんのことを「写真界のピカソ、あいつのギョロ目はピカソによく似ている。あの目で睨まれるとみんなイカレちゃうんだ」と言っていた。太宰もピカソも生涯女性にもてたが、田村さんも、本当にもてたのだろう。

田村さんは、一九四二年二月から一九四三年四月頃まで激戦地だったビルマへ陸軍宣伝班員として、徴用されたが、「橋が壊れたとか、現地の人が家を焼かれたり怪我をして苦しんでいる」(『田村茂の写真人生』)写真などばかり撮っていたので「こんなものは使いものにならん」とさんざん軍部から怒られたという。もちろん田村さんの撮った写真は一枚も発表されたことはなかった。

僕は、田村さんと太宰に共通しているところは、ここにあると思っている。出身地は津軽と北海道と近いし、歳も田村さんの方が三歳年上の、同世代であった二人が共に、あの戦争に対して積極的な協力はしなかったという点が一番共有できたことではなかったかと思うのである。

当時、国威発揚の元、名のある作家、画家、詩人たちもしかりであったが、写真家もまた、みな、あの戦争の惨禍に巻きこまれていったのだった。

一九四一年に大政翼賛会の傘下に興亜写真報国会が作られ、国策写真雑誌『日輪』の発行、軍部、財界のお声がかりで東方社を作り、一九四二年には対外宣伝の大型グラフ誌『FRONT』の発行と……。主だった写真家、デザイナーたちはこぞってこうした中に入っていた。写真の材料もすべて統制、配給となり、田村さんみたいなフリー写真家にはフィルムも満足に渡らなかった。

やっとの思いでビルマ戦線から戻ると、すぐにまた「インパール作戦へ従軍しろ」と将校が呼びに来た。拒否したら今度は、召集令状がきたという。それを無視して、一緒に暮らしていたファッションデザイナーの桑沢洋子さんが用意してくれた資金を持って、新潟、北海道など逃亡生活をして、ようやく敗戦の日を迎えている。

これは当時の権力、軍部に対しては、ささやかな抵抗だったかも知れないが考えてみれば大変なことであった。いわゆる写真家にあって、戦時中、絶対的な時の軍部、権力に対して抵抗の意思を明確に示したのは、田村茂一人であったと言ってもいいであろう。

これはまさに太宰の生き方、創作の方向性にも非常に共

撮影　田村茂　1948 年 2 月

通するところがあると思うのだ。

戦時中、まわりが皆、大政翼賛の大合唱のもとに、戦争賛美の作品をはからずも書いていた時期に、太宰は左翼運動には挫折するものの、一人、『走れメロス』『正義と微笑』『右大臣実朝』そして『津軽』などを次々に執筆し、格闘しているのだ。「私は虚飾を行わなかった。読者をだましはしなかった。さらば読者よ、命あらばまた他日。元気で行こう。絶望するな。では、失敬。」と『津軽』の最終章に書いた一節は、戦争まっただなかの時代にあって、太宰が民衆に送ったメッセージとして、象徴的である。

一方、田村さんにも、敗戦の厳しい現実の中で、ひたむきに生きようとする弱者に対するまなざしがあった。それは、一連のネガの最初の一枚が雄弁に物語る。当時「パンパン」と呼ばれていた女たちと、父母を亡くした戦争孤児たちに、やさしく向けられているこの一枚の写真。ここに、田村茂さんがその後、報道写真家としてベトナム、チベット、アラブなど世界をまたにかけて活躍する、ヒューマンな視点が内包されていたと思われる。ビルマ戦線においても、田村さんはおそらくこうした視点で現地の傷ついた民衆へカメラを向け撮っていたのだろう。

だからこそ、軍部からすれば「危険人物」として、睨まれていたのだ。

つまり太宰も田村さんも、あの自由にものが言えないだけでなく、自己への忠実さえも許されず、まともに人間として生きることすら奪われていた時代に、「無頼」としての生を貫いたのであった。

それは当時の通俗的な価値観をもってすれば、「非国民」であり、破廉恥で退廃的な輩として映っただろうが、二人はまさにそうした面を意識して装っていたのである。

圧倒的に暴力的な権力の前に、一人の人間として最後の良心を守ろうとすれば、そのために孤独な闘いを挑むとすれば、何をどう思われようと「無頼」として強靭な精神をもって生き抜くしかなかったのではあるまいか。

「無頼」といえば、一般的にはならずもの、ごろつきのたぐいと思われている。しかし「無頼」を『広辞苑』で引くと、「[史記（高祖本紀）]正業につかず、無法な行いをする者。また、その行為……」などとなっている。中国前漢の歴史家、司馬遷が著した『史記』の中にある漢の高祖、劉邦が若き時代に、硬化した国や社会のあり方に対して批判し、抵抗したことから、支配者側から名付けられた呼び方が、いわゆる「無頼の徒」であった。これを無頼の語源とみるのが、正しいのではないだろうか。

撮影　田村茂　1948 年 2 月

だから「無頼」の意味は、人民への圧政、様々な規制や弾圧、人間としての良心の自由を奪うものに対して、民衆の立場に立って徹底したレジスタンスをする人たちのことを言うのが、本当の「無頼」だと僕は思うのである。

密着焼きの話に戻ろう。田村さんは各カットにマークを付けている。○印を付けているのは、これは「良い」という意味だが、全部で4カットある。跨線橋の上の上半身の写真、古本屋で前髪をたらして本を広げている写真、それに玉川上水で立って斜め下を見つめている写真、それに頰杖した顔のアップの写真だ。この顔の写真には上部を少しトリミングする指示を入れ、またそれを取り消す×印を二つ入れている。○印は太宰の広いおでこの真ん中に記されているのがおもしろい。

太宰を撮った写真は27枚ともすべてタテ位置。シャッターボタンを上にしたり、下にしたりのカメラの構え方の違いはあるが。最初の若い女と子どもたちの写真のみ横位置だ。田村さんは小柄で、一メートル五十数センチメートル程だから、長身の太宰とは二十センチからの差があったと思う。だからタテ位置の写真になったのかも知れない。

もうひとつ、書いておきたいことは、僕の判断によれば、本書に納められた田村茂さんが撮影した太宰治の写真については、七葉のうち六葉は初めて公開されるものではないかと思うのだ。本書に使用している写真は、田村さんの○印や、気になってトリミングの指示などつけたカットでないものを意識してセレクトしている。初めて見た太宰の写真ばかりであったからだ。

既に発表されている一点は、太宰が跨線橋を下ってくる写真（141頁）である。この写真を載せたかったのは、写真家としての田村茂さんの新しいスタンスが見て取れるからだ。それに、いわゆる仕事写真ではなく、友人として、互いに心を許していると思われる写真だからである。

考えれば、太宰治という新進気鋭の小説家がこの日の被写体である。普通はこういうシチュエーションでは撮らないであろう。それまでの肖像写真といえば、そのほとんどは、カメラに向かって静止してのポーズである。この写真には太宰治という作家の内面だけでなく、時代性と、太宰という作家がこれからどういう立場に立って作品を描いていくのか、その方向性が暗示されていると思ったからである。

ここに掲載した他の六葉の写真は、初公開であるだろうと書いたが、田村さんは1本のフィルムのなかで7ヵ所7

撮影　田村茂　1948 年 2 月

場面を撮っただけなので、これまで発表されたカットと似ている写真であることは否めないが、よく観察すると目の動き、手の動作など、まったく異なっている。この間、太宰に関するもので、出版され、印刷されている書籍、雑誌など可能な限りあたってみたが、本書に載せた写真は見あたらなかった。

僕も写真家であるから、よく理解できるのだが、いくら自分の作品だからとはいえ、必ず、「捨てカット」と言うか、本番前の助走みたいなカットは生まれるものである。だいたいにおいて、こうした写真は、日の目を見ることはない。お蔵入りなのである。つまり、ここに紹介したのは、ほとんどが田村さんにとっては「捨てカット」だったということである。

しかしである。実はこうした「お蔵入り写真」と思われている中に、いい作品が潜んでいることが少なくない。

決定的瞬間だと思っている写真の前後に、得てしてある。それは被写体の方の心構えなども影響しているかも知れない。あるいは撮る側の気持、力みなども知らず知らずのうちに反映されてしまうこともあるのだ。だから双方の肩の力が抜けた瞬間が、その決定的と思っている写真の前後にある可能性が高いのである。

また、写真を見る時代によって、自分自身の価値観などが変化している場合もあるし、自らが成長することによって、写真を見る眼が豊かとなり、以前とは違う写真をセレクトすることもあるのだ。

そういう観点から、これら未発表と思われる六葉の田村さんの撮った太宰治を見ると、魅力的だ。

ともあれ、これらの作品はすべて、今から六十年以上前に撮られたものである。こんな洒落た、デザイン感覚のすぐれた人物写真を撮った田村茂さんに、あらためて脱帽した。

僕は、田村さんが戦前に、川喜田煉七郎から学んだドイツのバウハウスの影響があったと思うし、桑沢洋子さんと協同でファッションや建築、インテリアなどを撮影してきた下地がこうした人物写真を撮るうえでも生かされていると思った。

太宰治を一九四八（昭和二十三）年に撮ったということは、その後の田村茂さんにとっても重要なファクターとなっている。

それは、前にもふれたが、田村さんの代表作のひとつとなった『現代日本の百人』という人物写真作品へとつながっていったからである。「人物の性格描写が鋭く、生活感

撮影　田村茂　1948年2月

情も画面に反映している」という田村さんの人物写真への評価は、現在も変っていない。

田村茂さんが突然亡くなられたのは、いまから二十二年前の一九八七（昭和六十二）年十二月十六日。太宰治が亡くなってからすでに三十九年が経っていた。田村さんの亡くなった時、僕は田村さんが生まれ育った厳寒の北海道にいた。

当時、連載していた雑誌に書いた文章に、こんなくだりがある。

……小樽の取材中に悲しい知らせを聞いた。敬愛する師、田村茂の突然の死だった。
私のこの連載の仕事に対して、一番気を遣い、かつ厳しく励ましてくれていただけに、この「小樽」を見て、叱ってもらえないのが残念でならない。吹雪のなか、先生への鎮魂歌（レクイエム）と思いながら続けた取材だった……。

当時、まだ駆け出しの僕などにも、仕事のことも含めて本当に気を遣ってくれていたことがわかる。

僕はこの間の取材を通じて、もし太宰治が長生きをしていたならば、田村さんを通して、太宰と出会って写真を撮っていたかも知れないという思いを強く持った。「無頼」と言われ続けた太宰と、「無頼」として戦前、戦後を生きてきた田村さんとの出会いは、まさに運命的だったのかもしれない。そして僕もまた、現代社会の中にあっては、無頼と呼ばれる部類の人間なのかもしれない。そう思って太宰を見ると、決して過去の、はるか昔の人ではないんだと——。そして、太宰に対して、何故か一層親しく思えてきたのである。太宰のゆかりの風土も、太宰が自殺や心中を図った土地も愛しく、受け入れられたのだった。

ところで田村先生。あの世で、太宰さんとは再会しましたか。会えばまた、無頼の二人で愉快に飲んでいるのでしょうね。

合掌

無頼ふたり山背風《やませ》の荒れし津軽なり　小松風写

二〇〇九年　風待月

朝霞にて　小松健一

撮影　田村茂　1948年2月

主要参考文献
『太宰治讀本』「文藝」臨時増刊　河出書房　1956 年
『太宰治とその生涯』三枝康高　現代社　1958 年
「堕弱と強靭　太宰の人と作品」田村文男　陸奥新報　(1961 年 6 月 25 日付)
「太宰治と津軽」「太陽」1971 年 9 月号　平凡社
『荻窪風土記』井伏鱒二　新潮社　1982 年
『街道をゆく　北のまほろば』司馬遼太郎　朝日新聞社　1995 年
『太宰治　坂口安吾の世界　反逆のエチカ』齋藤愼爾編　柏書房　1998 年
『回想の太宰治』津島美知子　講談社　2008 年
『現代日本の百人』田村茂　文藝春秋新社　1953 年
『田村茂の写真人生』田村茂　新日本出版社　1986 年
『瞬間伝説　すげえ写真家がやって来た。』岡井耀毅　KK ベストセラーズ　1994 年
『新潮日本文学アルバム　太宰治』新潮社　1983 年
『土地の記憶　まちの記録「六月十九日」』太宰治記念館「斜陽館」　2007 年
『太宰治と歩く現代の小説「津軽」の旅』青森県東青地域県民局地域連携部　2009 年
『富士には月見草』太宰治　長部日出雄　新潮社　2009 年

編集協力
青森県商工労働部観光局／太宰治記念館「斜陽館」／太宰の暮らした疎開の家／
金木山雲祥寺／弘前市立郷土文学館／山梨県立文学館／小説「津軽」の像記念館／
外ヶ浜町中央公民館／龍飛岬観光案内所　龍飛館／ふかうら文学館

写真提供
藤田三男編集事務所　p46、p66
林忠彦作品研究室　p128 右
財団法人　日本近代文学館　p128 左
田村写真事務所　p131、p133、p135、p137、p139、p141、p143

太宰作品引用一覧（すべて新潮文庫より）

「小説タイトル」	『所収本タイトル』
「津軽」	『津軽』
「思い出」	『晩年』
「小さいアルバム」	『ろまん燈籠』
「断崖の錯覚」	『地図』
「道化の華」	『晩年』
「虚構の春」	『二十世紀旗手』
「葉」	『晩年』
「東京八景」	『走れメロス』
「富嶽百景」	『走れメロス』
「新樹の言葉」	『新樹の言葉』
「狂言の神」	『二十世紀旗手』
「苦悩の年鑑」	『グッド・バイ』
「帰去来」	『走れメロス』
「故郷」	『走れメロス』
「春の枯葉」	『グッド・バイ』
「魚服記」	『晩年』
「姥捨」	『きりぎりす』
「母」	『ヴィヨンの妻』
「父」	『ヴィヨンの妻』
「家庭の幸福」	『ヴィヨンの妻』
「桜桃」	『ヴィヨンの妻』
「如是我聞」	『もの思う葦』
「人間失格」	『人間失格』

ブック・デザイン◆鈴木恵美
地図製作◆ジェイ・マップ

とんぼの本

太宰治《だざいおさむ》と旅《たび》する津軽《つがる》

発行　2009 年 9 月 20 日
2 刷　2025 年 9 月 15 日

著者　太宰治《だざいおさむ》　小松健一《こまつけんいち》　新潮社編《しんちょうしゃへん》
発行者　佐藤隆信
発行所　株式会社新潮社
住所　〒 162-8711 東京都新宿区矢来町 71
電話　編集部 03-3266-5381
読者係 03-3266-5111
https://www.shinchosha.co.jp
印刷所　TOPPANクロレ株式会社
製本所　加藤製本株式会社
カバー印刷所　錦明印刷株式会社

ISBN978-4-10-602192-3 C0395